ENGRANDEI
E AGORA?

Copyright © 2021 by Tatiana Amaral
Todos os direitos reservados
Copyright © 2021 by Pandorga Editora

Coordenação Editorial
Silvia Vasconcelos
Produção Editorial
Equipe Pandorga Editora
Preparação
Equipe Pandorga Editora
Revisão
Daniela Vilarinho
Capa e Diagramação
Renato Klisman

Texto de acordo com as normas do Novo Acordo Ortográfico da Língua Portuguesa
(Decreto Legislativo Nº 54 de 1995)

Dados Internacionais de Catalogação na Publicação (CIP)
Elaborado por Vagner Rodolfo da Silva - CRB-8/9410

A485e
    Amaral, Tatiana
        Engravidei e Agora? / Tatiana Amaral.
    - Cotia : Pandorga, 2021.
    112 p. ; 16cm x 23cm.
    ISBN: 978-65-5579-069-6
    1. Literatura brasileira. 2. Ficção. 3. Romance.
    Título.

2021-1307   CDD 869.8992 | CDU 821.134.3(81)

Índice para Catálogo Sistemático
1. Literatura brasileira 869.8992
2. Literatura brasileira 821.134.3(81)

2021
IMPRESSO NO BRASIL
printed in Brazil

DIREITOS CEDIDOS PARA ESTA EDIÇÃO À
EDITORA PANDORGA
RODOVIA RAPOSO TAVARES, KM 22
GRANJA VIANA - COTIA/SP
TEL.: (11) 4612-6404

www.editorapandorga.com.br

TATIANA AMARAL
AUTORA BEST-SELLER DA AMAZON

A DELICIOSA CONTINUAÇÃO DE **CASEI. E AGORA?**

ENGRAVIDEI
E AGORA?

PandorgA

*Preenche com tanta certeza
que precisa ser repartido,
gerando uma nova fonte,
aquele que estava dentro de mim
e que um dia seria nosso.
A continuação do nosso amor.*

Cléo Foster

CAPÍTULO 01

TRÊS DIAS ANTES DO DIA DOS NAMORADOS

MANHÃ

Existe algo dentro de nós que nos impulsiona. Alguns dizem que é o dinheiro, outros dizem que é a fé, para muitos é o medo, a necessidade de sobrevivência. Bom, meus amigos, eu digo que é o amor.

Pensem bem: o amor nos faz desejar o que é bom e ruim na mesma medida, levando-se sempre em conta o que queremos, o objeto de tanto desejo. Porém o amor é a base para todas as grandes criações, para as melhores realizações, para as mais sinceras atitudes. Sim, é o amor que nos impulsiona.

Eu, por exemplo, vos escrevo com o coração repleto de amor, esse sentimento que transborda sem que seja possível contê-lo e, quando você menos espera, descobre que, mesmo se ele crescer dez vezes mais do que costumava caber em seu peito, ainda assim continuará existindo espaço.

O amor é tão forte em suas atitudes e convicções que muitas vezes perdemos o rumo, nos esquecemos da estrada, pegamos alguns atalhos, tudo para justificar as nossas escolhas, afinal de contas fomos ensinados que os fins justificam os meios. Mas seria verdade?

Sim, é verdade que o amor é o nosso maior impulsionador, para o bem ou para o mal. Há quem minta por amar demais. Há quem esconda uma verdade por medo de perder quem ama. Há aqueles que perdoam com facilidade, tomando como justificativa o seu amor.

O que posso afirmar, amigos, é que nenhuma mentira tem a capacidade de sustentar um amor. É algo frágil demais, impuro, desleal para carregar tamanha responsabilidade. Porque não podemos confiar nas palavras ditas em Coríntios: "O amor tudo sofre, tudo crê, tudo espera, tudo suporta". Simplesmente não podemos igualar o amor celestial com o amor terreno, carnal.

Por isso posso dizer que um amor baseado em mentiras é frágil, e nesta condição, um dia racha, um dia quebra, um dia se esfarela.

Deixei o *tablet* sobre o mármore e me afastei com certa angústia. Às vezes me perguntava se não extrapolava os limites, os meus limites, quando me deixava guiar sem rumo pelas ideias. Respirei fundo, garantindo para mim mesma que aquele estado de espírito era motivado pelas minhas dúvidas e pelo medo do desconhecido.

Era isso. Só podia ser isso.

Virei de um lado para o outro me olhando no espelho, empurrando a barriga para a frente, decidida a ter alguma noção de como aquilo seria se fosse realidade. Depois encolhi a barriga com pressa, assustada demais para continuar divagando. E se eu estivesse mesmo grávida? Sorri. Em seguida, fiquei séria. Deus! Eu não conseguia me decidir sobre como reagir àquela possibilidade.

Respirei fundo, forçando meus pensamentos a seguirem outro caminho: o Dia dos Namorados no Brasil. Sorri satisfeita. Esperei tanto por aquela data que já me sentia cansada de programar. Douglas não entendia muito bem a importância daquele dia para mim, mas aceitava que qualquer coisa do Brasil, o mínimo que fosse, até mesmo uma data, me fazia feliz.

E eu queria que fosse perfeito. Perfeito de verdade! Por isso aquela descoberta teria de aguardar alguns dias ou – quem sabe? – eu estivesse enganada, afinal de contas nem mesmo a minha tão regular menstruação estava atrasada. Fiz uma careta. Quem sabe engravidar fosse uma maravilha, já que eu não precisaria passar pelos dias diabólicos de ódio mortal a Eva.

Todos os meses era a mesma coisa: eu menstruava, tinha uma "amostra grátis de parto normal", e isso me deixava assustada, passava o dia na cama praguejando contra Eva, e, há seis meses, me permitia ser cuidada e paparicada pelo meu marido.

Ri sozinha, deliciada com a maneira como Douglas costumava me mimar nesses dias, e abri a camisa mais uma vez para olhar minha barriga completamente lisa. Balancei a cabeça, me negando a acreditar. Aquilo era loucura.

— Cléo? — Douglas chamou do quarto. Mordi os lábios, ciente do que ele queria.

"Meu marido". Eu sentia um friozinho na barriga todo especial quando falava dele dessa forma, mesmo o nosso casamento tendo acontecido como aconteceu, envolto em tantas mentiras e desacertos. Eu amava o meu Elvis, amava ser a sua Fiona. Não havia como ser mais perfeito.

Abri a porta do banheiro com os botões da camisa abertos e fiz uma pose na porta para provocá-lo. Douglas riu.

— Esse tempo todo aí dentro só para abrir uns botões? — disse ele com aquela voz divertida, rouca, sonolenta e preguiçosa de quem havia acabado de acordar.

Desfiz a pose, com cara de má.

— Eu poderia ter feito isso com eficiência. Ainda tem dois me impedindo de ver tudo.

— Ninguém pode fazer xixi em paz! — Revirei os olhos e ri com ele. Subi na cama, aceitando ser envolvida em seus braços. — O que tem em mente, Sr. Foster?

Douglas suspirou, acariciou meu braço, estendeu a carícia até minha cintura e encontrou os dois botões restantes, desfazendo-os. Seus olhos varreram meu corpo com certa satisfação e me perguntei se ele continuaria me olhando daquela forma tão cheia de desejo quando meu ventre estivesse esticado e meus seios estivessem fartos de leite. Gemi baixinho, me impedindo de pensar assim.

Eu sequer sabia se estava mesmo grávida. Era só uma sensação estranha, enjoos matinais e sono exagerado. Poderia ser uma gravidez. Poderia ser tudo e até mesmo nada.

— O que foi? — ele me perguntou.

Encarei seus olhos negros repletos de paixão. Acariciei seu rosto, lamentando não poder compartilhar minhas dúvidas e medos com ele.

— Nada — sussurrei.

— Você anda estranha.

— Ansiosa. — Sorri, provocando-o ao salpicar um beijo em seus lábios. — O Dia dos Namorados está chegando.

Ele revirou os olhos ao girar o corpo sobre o meu.

— Existe vantagem em comemorar duas vezes o Dia dos Namorados? — perguntou.

Enlacei seus quadris com minhas pernas e seu pescoço, com meus braços.

— Muitas — sussurrei antes de beijá-lo e permitir que ele me arrancasse a serenidade.

Contudo, ainda assim, continuamos amando e justificando cada passo em falso. Continuamos defendendo, em causa própria, que a verdade pode ficar para um momento mais adequado, que o amor tudo vence, tudo suporta. Aprendemos a conviver com os medos, a criar verdades, a sustentar argumentos injustificáveis. E tudo em nome do amor.

No entanto, amigos, como já dizia a poeta, "A vida é a arte do encontro, embora haja tanto desencontro pela vida". Quando menos esperamos, o amor, aquele mesmo que nos fez acreditar que a estrada a seguir era uma reta, nos joga em uma curva tão acentuada, levantando tanta poeira, que nos impede de encontrar o caminho de volta.

Havia deixado o computador ligado e parei sem conseguir voltar ao meu artigo. A sensação de confusão e medo me assolava, me conduzindo para o mesmo tema, me obrigando a pensar no assunto.

Outra vez o espelho me fez parar e me observar com atenção. Eu só podia estar enlouquecendo. Não podia ser apenas aquela dúvida, a possível gravidez, a razão para eu estar tão atormentada. Havia algo que continuava me atormentando, cutucando mais fundo, sem me deixar saber o que era.

O telefone tocou alto, me arrancando do devaneio. Larguei as toalhas que havia separado para levar para lavar e fui atender à ligação.

— Alô?

— Cléo?

Aquela voz animada que eu tanto amava falou do outro lado da linha, me fazendo sorrir.

— Oi, mãe! Que novidade ligando tão cedo. Aconteceu alguma coisa?

"Até parece que só ligamos quando acontece alguma coisa" — Ouvi meu pai resmungar próximo a ela, mas não entendi o que dizia, pois estavam em algum lugar barulhento.

— Qual a novidade? — provoquei.

— Estamos em São Francisco! — anunciou em uma explosão de felicidade que por alguns segundos me impediram de entender o que aquelas palavras significavam.

Logo em seguida, meu coração disparou.

— Aqui? Em São Francisco? Nos Estados Unidos?

— Sim! Queríamos fazer essa surpresa para você!

À medida que sua animação aumentava, o meu desespero crescia. Respirei fundo sem conseguir alinhar os pensamentos. Meu estômago protestou, minha cabeça girou, e meus olhos ficaram embaçados. Precisei me apoiar na parede, e foi exatamente aquele ato que me fez enxergar o quanto eu estava perdida.

À minha frente, largadas sobre a peça, estavam as correspondências de Douglas. Minhas mãos gelaram.

— Cléo? — chamou minha mãe do outro lado da linha.

— Onde vocês estão?

— No aeroporto. Eu queria ir direto, mas seu pai achou melhor ligar avisando, porque, se você tiver algum compromisso, não ficaremos na porta esperando. — Ela riu, mas não consegui acompanhá-la. — Vamos pegar um táxi. Não precisa se preocupar.

Olhei ao redor, desesperada. O que eu deveria fazer?

— Tudo bem. Espero por vocês.

Desliguei sem saber se deveria ceder ao pânico, vomitar e me sentar no chão até minhas pernas pararem de tremer ou se deveria engolir o enjoo e correr para conseguir ajustar tudo. Eu estava com um problema imenso.

Corri para o quarto, tirei a mala de baixo da cama, abri e corri para alcançar o que conseguisse. Eu estava em uma enrascada. Peguei a maior quantidade possível de camisas de Douglas, atirei de qualquer jeito na mala, depois peguei as calças, os sapatos, corri para a sala em busca das correspondências. Minha mente parecia querer dar um nó enquanto tentava não deixar nada na casa que pudesse indicar a presença do meu marido.

Ao mesmo tempo, alcancei o celular e disquei o mais rápido possível para Douglas, rezando para que ele atendesse. Entrei no banheiro com o celular pendurado entre a orelha e o ombro e agarrei tudo relacionado ao meu marido sobre a pia. Entrava outra vez no quarto quando ele atendeu.

— Oi! — Sua voz arrastada e cheia de malícia deixava clara a sua satisfação em poder falar comigo. Eu me senti péssima. — Estava agora mesmo pensando em você.

— Estou com um problema.

— O que houve? — Muito rapidamente sua voz se modificou, revelando a sua atenção.

— Meus pais estão aqui. Quer dizer... não aqui... ainda não aqui...

— Cléo, respira!

— Meus pais estão aqui em São Francisco — revelei, chorosa, me sentando na cama, exausta.

— Ok! Qual é o problema?

— O problema é que... — Mordi o lábio sem saber como revelar.

— Cléo?

— Não contei a eles — disparei.

Douglas ficou em silêncio por longos segundos, o que me alertou.

— Douglas?

— O que exatamente você não contou a eles?

— Nada.

— Nada?

— Nada — repeti, desesperada. — Eles não sabem que você existe. Não sabem que casamos, não podem saber.

Falei tudo de uma vez, sem parar para pensar em como aquilo atingiria o meu marido. Meu corpo tremia sem que eu tivesse qualquer controle sobre ele. A situação me consumia ao ponto de arrancar de mim toda a empatia, de demandar nem que fosse um segundo do meu desespero para a situação de Douglas.

Eu sabia que precisava pensar no quanto aquilo seria difícil para ele também, porém, naquele instante, só conseguia pensar em uma saída: em conseguir esconder dos meus pais aquela verdade.

Ouvi a sua respiração pesada do outro lado e entendi que estava mesmo em uma enrascada.

— Douglas?

— Inacreditável, Cléo!

— Por favor, não brigue comigo agora! Preciso tirar as suas coisas daqui.

— As minhas coisas? Mas, Cléo...

— O que vou dizer a eles? Não posso contar que casamos! E, se não sou casada, não posso ter as suas coisas aqui!

— Mas eu moro aí! É a minha casa. Para onde vou?

— Para a casa do Bill — falei sem pensar no problema. — Isso, a casa do Bill é a nossa melhor opção. Vou levar uma mala para lá agora.

— Cléo!

— É a mais próxima daqui. Dá tempo de levar e voltar para recebê-los.

— Mas, Cléo...

— Por favor, Douglas! Preciso que colabore comigo. Não posso perder tempo.

Ele suspirou derrotado.

— Preciso desligar. Vou avisar ao Bill que você deixará minha mala lá.

— Obrigada! — falei, mas ele não ouviu. A ligação se encerrou sem que ele me deixasse tranquila.

Eu deveria saber que não seria fácil com Douglas – afinal, quem ficaria feliz descobrindo assim que havia se casado com uma covarde? Além do mais, mesmo Bill sendo o melhor amigo do meu marido, não deixava de ser um folgado, galinha, descarado e... deixa para lá. Era melhor não começar a pensar os prós e contras daquela decisão. Depois, com calma, poderíamos pensar em outra saída.

E tudo era por minha culpa. Tentei por muitas vezes contar aos meus pais sobre o casamento, porém sempre deixava para depois, aguardando um momento ideal, adiando ao máximo a revelação. E agora aquela bomba explodia bem dentro da minha casa.

O problema era que eu não podia receber meus pais e de cara jogar aquela notícia no colo deles. Precisava de um tempo, de espaço, de uma oportunidade. Douglas tinha que compreender. A situação dos meus pais era muito mais delicada do que a dele.

Levantei-me com urgência para fechar a mala. Qualquer segundo contava. Corri os olhos pela casa, procurando por outros detalhes que entregariam o que eu tentava esconder. Peguei os três porta-retratos que estavam espalhados e os escondi em minha gaveta de calcinhas, junto com a bola de beisebol do *San Francisco Giants* que Douglas ostentava na sala.

Só então me dei por satisfeita e fui embora arrastando a mala pesada. Pensava em Douglas e no quanto de problemas teríamos com aquela separação temporária, contudo, fiquei aliviada por não precisar encarar aquela realidade tão cedo no encontro com os meus pais.

Era assim que precisava ser feito. Infelizmente, não havia como agradar aos dois lados. Um dia era o tempo de que eu precisava. *"Só um dia"*, repeti mentalmente, diversas vezes. Eu tinha que receber meus pais, alojá-los, prepará-los e contar a verdade.

CAPÍTULO 02

TRÊS DIAS ANTES DO DIA DOS NAMORADOS

TARDE

— Não acredito!

Minha mãe gritou, se esquecendo das malas no táxi e correndo para me abraçar tão logo estacionaram na frente do meu prédio. Corri para os braços dela, me permitindo esquecer por alguns segundos a confusão em que aquela visita havia me metido.

— Que saudade! — Seu gritinho agudo me fez sorrir, me lembrando de quando ainda morávamos juntas.

— Pai! — Deixei minha mãe e me permiti ser envolvida pelos braços protetores do meu pai.

Meus olhos ficaram úmidos quando me afastei e olhei os dois ali, na minha calçada, comigo. Ah, Deus! Quanta falta eu sentia deles.

— Não pode chorar — minha mãe brincou, limpando as próprias lágrimas. — Olha só para você! Seu cabelo está ótimo assim.

Passei os dedos entre os fios, exibindo o corte mais curto que adotei quando conheci Douglas e nunca mais deixei ficar diferente.

— Vamos subindo. Deixe-me ajudar com as malas.

Peguei a menor da mão do meu pai e abri o portão, alcançando rapidamente as escadas. Estava pesada demais para ser uma visita rápida, percebi. Andando na frente e me esforçando para não demonstrar sufoco, comecei a fazer contas mentalmente, a me perguntar de que forma aquilo tudo afetaria o meu casamento e até que ponto eu suportaria estar sob tanta pressão.

— Espero não estar atrapalhando. Sabemos que você anda bem ocupada com a produção do segundo livro, mas só tínhamos essa data para esta viagem — meu pai falava logo atrás de mim, carregando a mala maior sem nenhuma dificuldade.

Precisei recompor meu rosto antes de virar para ele quando parei em frente à porta do meu apartamento. Não queria que meus pais sentissem que não deveriam estar ali comigo, porque na verdade eles deveriam. Eu estava morta de saudade! O problema não estava neles, e sim em mim, na mentira que fui capaz de sustentar por seis meses. Eu era a errada, e não eles.

— Claro que não!

— Mas não se preocupe. Quando tiver que sair para qualquer compromisso, é só avisar que nós nos viramos por aqui — minha mãe falou rapidamente, querendo me deixar tranquila.

— Está tudo certo, mãe. — Virei para a porta, colocando a chave na fechadura só para não ter que olhá-los ao questioná-los. — E... quanto tempo vocês pretendem ficar?

— Uma semana — meu pai falou. — Se tiver algum problema...

— Não! Está tudo certo!

Puta que pariu! Como eu conseguiria fazer aquilo dar certo?

Abri a porta, deixando-os entrar. Meus pais já conheciam a casa, afinal era o mesmo apartamento que eu dividia com John. A diferença é que, depois de dois meses pagando aluguel, Douglas comprou o imóvel, o que nos deu maior segurança.

Não sem antes termos uma longa conversa sobre os meus motivos para permanecer ali em vez de morarmos em uma casa mais confortável. No final, meu marido compreendeu que eu ainda precisava daquele espaço para me sentir "normal" em meio a tantas mudanças. Além disso, havia a minha necessidade de acreditar que ainda tinha controle sobre a minha vida e que não estava relaxando por causa da situação financeira de Douglas.

E o problema não era o fato de ele ser rico, e eu, uma mera jornalista/escritora iniciante, mas, sim, de precisar ter a certeza de que era capaz de continuar sendo eu mesma, ou uma versão melhorada do que fui até conhecê-lo. Mas já habitava em mim a ideia de que talvez, caso a gravidez fosse mesmo confirmada, fosse a hora de ceder e deixar aquele apartamento para trás.

Suspirei orgulhosa enquanto meus pais entravam. Levamos as malas para o segundo quarto, o mesmo em que eles ficaram nos três dias corridos em que foram me visitar quando John e eu decidimos morar juntos. Recordo que, na época, fiquei tão sem jeito de dar boa noite e me trancar no quarto com meu noivo que quase o coloquei para dormir no sofá.

Que droga! Eu deveria ser mais corajosa quanto a Douglas, mesmo com todas as diferenças existentes nas duas situações.

— Ah! Que bom que este quarto ainda existe — mamãe murmurou.

— Eu disse que existia — meu pai respondeu com convicção. — Cléo teria nos contado se estivesse dividindo o apartamento com alguém.

Estatelada, fiquei de pé, encarando os dois enquanto se ajustavam no pequeno espaço. Meu estômago embrulhou, minha cabeça deu um giro inteiro, e minha garganta parecia estar entupida com uma pedra imensa. Recebi aquele comentário do meu pai como um tapa no rosto.

— Ela não sabia que vínhamos — minha mãe continuou. — Poderia ter decidido alugar o quarto, não é mesmo? Esse apartamento é grande e caro para Cléo arcar com as despesas sozinha.

— Se ela estivesse com qualquer dificuldade, teria nos contado, não é mesmo?

O silêncio no quarto me alertou. Meus olhos focaram em meus pais, que aguardavam a minha interação. Abri e fechei a boca várias vezes, piscando como se estivesse em algum tipo de ataque nervoso.

— Ah… claro!

E aquela resposta foi o tiro que faltava para me afundar na culpa. Eu tive a chance de reverter aquela história, mas simplesmente preferi deixar escapar ao confirmar a mentira.

Depois disso, não consegui mais encarar meus pais.

Assim, ficamos perdidos, atordoados naquela nova situação. Para alguns, a nova estrada é uma oportunidade de explorar e se redescobrir, mesmo que o motivo para estar ali tenha sido nada louvável. Confesso que já me vi nesta situação e também já presenciei pessoas estimadas caminharem por este chão sentindo mais atração pelo novo do que culpa pelos motivos para estar ali. É pelo amor, todos diziam, sem entender ou aceitar que o próprio amor cobraria o seu preço.

O objetivo alcançado, o seu objeto mirado, aquela sensação de ter encontrado o seu Santo Graal coloca uma venda em seus olhos e faz você acreditar que valeu a pena. E valeu, não é mesmo? Ou alguém vai ser capaz de questionar o delicioso nirvana, o açúcar colocado em nossos lábios, no tempo, mesmo que parco, em que aquele objetivo o preenche?

Não. Ninguém vai ousar negar a profundeza da satisfação deste momento. Contudo, o seu retorno, o seu leve gravitar de volta ao chão, pode ter um impacto devastador. Aquela mentira, aquela ação até então escondida, causa a sua primeira rachadura na bolha que o sustentava fora da realidade.

E assim, eu, esta singela escritora que aqui vos fala, também preciso relatar que já vivenciei e presenciei o desespero que é a volta à realidade, a certeza de que o preço cobrado é alto demais e, muitas vezes, impagável.

Fechei o bloco de notas com o pesar esmagando meu peito.

Caminhávamos pelas ruas próximas à minha casa, para meus pais se familiarizarem com o local. Eu tentava esconder toda a minha angústia. Lógico que fiquei feliz com a chegada deles, afinal se passaram quase três anos desde que eles vieram me visitar. Todavia, o prazer de poder estar com eles ficava parcialmente encoberto pelo desespero que cada mensagem recebida me causava.

"Só algumas noites. Não pode ser tão ruim."

Escrevi respondendo à mensagem cheia de questionamentos de Douglas sobre o inconveniente que seria dormir na casa do Bill. Ele não se sentia assim quando ficava na casa do amigo depois de uma noite de farra em sua época de solteiro.

"Algumas noites? Então não vai contar a eles que sou seu marido?"

Fiz uma careta de desagrado que chamou a atenção dos meus pais.

— Algum problema? — papai questionou.

Guardei o celular com pressa.

— Você não desgruda desse celular — mamãe pontuou.

— Não é nada. Só alguns detalhes sobre o novo livro — inventei rapidamente, abrindo um sorriso imenso para que eles não desconfiassem.

O celular vibrou, avisando a chegada de uma nova mensagem.

— E o John? — minha mãe perguntou.

— O que tem o John?

— Vocês se encontram às vezes?

— Não nos vemos desde que terminamos.

— Dez anos de relacionamento, os dois morando em um país distante e terminam assim, sem ao menos manter uma amizade, continuar cuidando um do outro... — meu pai resmungou, nada satisfeito.

— Não preciso ser cuidada por ninguém. Sou adulta! — rebati, incomodada.

Ele não gostou nem um pouco da minha resposta.

— Pois ligamos para avisar que estaríamos aqui. Não seria gentil estarmos nos Estados Unidos, em São Francisco, e não encontrarmos o garoto. Dei de ombros.

— Não pedi que perdessem o contato com ele? — provoquei. — E John deixou de ser um garoto há muito tempo.

— Ele ficou contente com a nossa chegada — minha mãe anunciou, sem querer se impor ou me desafiar. Pelo contrário, ela parecia um tanto constrangida. — Ficamos de combinar um encontro.

Era tudo o que não queria. Já tinha problemas demais com Douglas para assimilar mais um. Porém, uma coisa precisava ser feita: meus pais não podiam ignorar a existência do meu marido, mesmo que, naquele momento, ele precisasse ser rebaixado a namorado.

Seria, talvez, uma forma mais correta de iniciar o assunto, incutir a ideia de que eu já estava com alguém que amava e que não havia espaço para John em minha vida.

— Preciso que saibam de uma coisa — comecei. Minhas mãos ficaram geladas, e um enjoo chato me incomodou.

Meus pais me encaravam, aguardando pela revelação. Comecei a me questionar se agiriam com a mesma tranquilidade se eu dissesse que estava casada e provavelmente grávida. Então me peguei pensando no desespero da minha mãe e na repulsa do meu pai. Recuei.

— Conheci uma pessoa.

Analisei as feições de ambos, me garantindo de que o espanto era pelo fato de estar com outra pessoa que não fosse o de sempre, John. Mas me sentia temerosa só por ter os olhos deles sobre mim, cheios de questionamentos.

Um pensamento bobo invadiu meus pensamentos, me obrigando a indagar o motivo de ter passado tantos anos com o primeiro cara que beijei na vida. Aquela decisão me jogava no problema com mais força. Porque meus pais não tinham o direito de questionar a minha decisão de namorar, sair, transar ou casar desde quando eu era uma mulher independente, dona da minha vida.

Entretanto, não havia como julgar a reação deles quando eu mesma fiz questão de manter um relacionamento por dez anos. Estar solteira, aos olhos deles, me remetia aos meus quinze anos, fazendo com que assumissem outra vez a ideia de proteção, de cuidado, de regras e, até mesmo, de veto aos namorados.

Mesmo entendendo que não podia ser assim, que precisava puxar as rédeas e assumir outra vez a direção da minha vida, eu me vi incapaz de confrontá-los logo no primeiro dia em que nos encontrávamos, tanto tempo depois da minha última visita ao meu país de origem.

— Estamos namorando — revelei.

Eles se olharam, mamãe sorriu com delicadeza e papai ficou sério e pensativo.

— É um rapaz daqui ou é imigrante também? — ela perguntou, com receio.

— Daqui.

Mais uma troca de olhares que aumentou a minha ansiedade.
— É uma ótima pessoa. Vocês vão gostar dele.

— Acho difícil quando sequer falamos a mesma língua — meu pai revidou. — Então a sua história com John acabou mesmo?

— Ah, pai! — Revirei os olhos, aborrecida. — Esqueça o John um pouco! Eu estou contando sobre Douglas, concentre-se nisso!

— Douglas? — minha mãe se meteu.

— Meu namorado. Uma pessoa incrível! Não importa se vocês quase não falam inglês. Douglas seria adorável até mesmo se falasse aramaico.

— É um namoro sério? — ela questionou.

Um frio percorreu a minha espinha. Minha mãe não fazia ideia do quão séria aquela história era.

— Sim, é sério.

— Quem é ele? O que faz? — meu pai começou. — Não me olhe assim, eu preciso saber quem é o homem que está namorando a minha filha. Aliás, quantos anos ele tem?

Achei engraçada a sua atitude, exatamente a mesma de quando contei sobre John.

— Douglas é veterinário, mas só exerce a atividade quando está nas terras da família.

— Terras da família? — minha mãe me interrompeu, interessada.

— Dos pais dele, mas Douglas trabalha com a sua paixão: música!

— Música? — meu pai me interrompeu com certa reprovação. — Você está namorando um desses artistas *hippies* que tocam em bares à noite? Abri a boca para responder, mas ele não deixou, continuando a sua explanação.

— Um minuto, pelo amor de Deus, não me diga que ele é desses artistas livres que protestam na rua fazendo música por moedas. Eu disse, Rosinha, não era uma boa ideia deixar essa menina aqui sozinha. Eu avisei.

— Pai! — tentei, mas minha mãe entrou no meio daquela conversa louca.

— Ela é maior de idade, Ernesto! Não podemos obrigá-la a voltar para casa.

— Também não podemos assistir a essa maluquice sem fazer nada.

— Maluquice? Pelo amor de Deus! — rebati, aborrecida, porém nenhum dos dois parecia prestar atenção em mim.

— Você não pode se intrometer nas escolhas dela. Esse rapaz, o Dogue, Dolgues...

— Douglas — informei, sem paciência.

— Douglas — ela repetiu. — Pode só estar precisando de uma oportunidade. Li um artigo outro dia sobre um cantor famoso que...

— Dá para parar um pouco? — levantei meu tom de voz, fazendo-os silenciar. — Não é nada disso. Meu Deus! Eu estava esquecida de como vocês dois conseguem me enlouquecer. Minha mãe recuou, magoada, e meu pai ficou ainda mais desafiador.

— Douglas é musicista — falei de forma mais branda, querendo desfazer o impacto das minhas últimas palavras. — Ele tem uma agência e faz *jingles*.

— *Jingles*? — meu pai perguntou.

— Músicas para comerciais, empresas...

— Eu sei o que é, só quis saber se isso não o coloca no mesmo patamar de um artista de rua.

— Pai! — reclamei. Ele levantou as mãos, como se não tivesse culpa.

— Douglas também tem uma gravadora. Tem vinte e nove anos. Para o conhecimento de vocês, o trabalho dele é muito conceituado e valorizado. É um dos nomes mais importantes daqui. E, sim... — interrompi meu pai antes que ele falasse mais alguma asneira. — Ele ganha o suficiente para termos uma vida confortável. Satisfeito?

— Ainda não. Quando vamos conhecê-lo? — meu pai quis saber. — Vamos conhecê-lo, não vamos?

— Claro que sim!

— Quando?

— Hoje! — improvisei, o enjoo aumentando. — Hoje à noite. Douglas reservou uma mesa em um restaurante maravilhoso.

Com a mão no bolso, apertei meu celular com força. Precisava providenciar aquele encontro o quanto antes e sequer sabia se seria mesmo uma boa ideia. Douglas poderia colocar tudo a perder com a sua rebeldia por causa da mentira que inventei, e papai poderia estragar o meu casamento com as suas perguntas inconvenientes e sua adoração por John.

— Que tal um passeio pela *Lombard Street*? Vocês vão adorar o local! E a senhora vai enlouquecer com o jardim, mãe!

Deixei que se distraíssem com as pesquisas pelo celular sobre o ponto turístico e peguei o meu aparelho para providenciar o tal encontro. Douglas tinha enviado mais quatro mensagens.

"Cléo, essa história não está nada boa."

"Onde está você?"

"Vai me ignorar o dia todo?"

"Precisamos conversar, Cléo! As coisas não vão se resolver assim."

Suspirei, lamentando causar aquele desconforto ao homem que eu amava. Não era justo com Douglas que eu mentisse sobre o nosso relacionamento ou sobre a seriedade dele. Porém não havia como voltar atrás. Meus pais ficariam por poucos dias, conheceriam o meu suposto namorado, se encantariam por ele e, algum tempo depois do retorno deles, eu ligaria para contar que nos casamos em Las Vegas e – se isso se confirmasse –, que eu estava grávida. Tudo daria certo no final e ninguém precisaria sofrer com aquela pequena mentira.

Com exceção de Douglas.

Respirei fundo e digitei uma mensagem.

"Arrume um restaurante legal e reserve uma mesa para hoje à noite. Você vai conhecer os meus pais."

Sem coragem para aguardar por uma resposta, desliguei o celular e o coloquei na bolsa, rezando para que Douglas não se rebelasse e me deixasse na mão.

Só quando voltamos para casa, com meus pais ansiosos por descobrir aonde Douglas nos levaria e como ele era, liguei o celular novamente. Depois de muitas mensagens desaforadas, ele finalmente cedeu e enviou o endereço do restaurante onde nos encontraríamos, o que me causou um imenso alívio.

Contudo, quando eu estava quase pronta, dentro do banheiro para finalizar o cabelo, meu telefone tocou, revelando o nome de Douglas na tela. Contei exatos sete segundos encarando a luz piscante, a respiração pesada, o pânico ameaçando me dominar.

Nunca antes receber uma ligação do meu marido havia me aterrorizado tanto. Porém eu tinha sérios motivos para acreditar que ele se acharia no direito de cancelar aquele encontro só porque não contei aos meus pais a respeito do nosso casamento. Quer dizer... e não podia dizer que era "só porque" quando reconhecia o quanto estava sendo injusta com a situação dele.

— Oi, amor! — Tentei ser o máximo gentil possível, mesmo sabendo que ele não estaria satisfeito com o que eu fazia com a gente. — Já no restaurante?

— Preciso subir, Cléo! Você não colocou o meu sapato, aquele preto que eu gosto por ser confortável e social ao mesmo tempo. Gelei.

— Não pode calçar outro?

— Não! Você me pediu coisa demais hoje. Quero o meu sapato! Além do mais, o cartão que vou usar está na gaveta do criado-mudo.

— Não tem outro cartão?

— É o de débito. Quero usar esse.

Estreitei os olhos diante do espelho, como se ele pudesse me ver.

— Douglas, isso é infantilidade!

— Pode ser, mas acredito que eu tenha direito a uma dose de infantilidade depois de tudo.

— Justo hoje? Não dá para ser infantil em outro momento?

— Não!

— Douglas!

— Eu quero o sapato e o cartão. É bem simples de resolver.

— Merda! O que vou fazer?

— Como o que vai fazer? Você morava com o seu noivo, então seus pais sabem que tem uma vida sexual ativa. Se eles sabem sobre mim, devem deduzir que passo algumas noites na sua casa.

— Não é tão fácil quanto imagina.

Pensei no que poderia fazer sem que meus pais percebessem a tensão que se instalou em meu corpo.

— Vou tirá-los daqui. Quando eu sair, você entra e pega tudo de que precisa. Ouvi o rosnado dele do outro lado, deixando claro o quanto estava descontente com aquela confusão.

— Ok! Faça como quiser. Cansei de procurar por respostas. Vou fazer o seu jogo, mas depois não reclame.

— O que quer dizer com isso?

— Tchau! Ele desligou, me deixando ansiosa. O que Douglas quis dizer com aquilo? Não era justo comigo ser pressionada daquela forma, ainda que fosse ruim para ele. Além do mais, ele também era um mentiroso e manipulador, ou a culpa por ter armado para me tirar do John já havia passado e sido esquecida?

— Cléo? — minha mãe chamou.

Respirei fundo várias vezes, me encarando no espelho e repetindo mentalmente "você consegue", até que estivesse um pouco mais equilibrada. Abri a porta e sorri, fingindo estar tudo bem.

— Vamos encontrar Douglas no restaurante. Ele ligou e disse que se enrolou um pouco no trabalho.

Meu pai não pareceu satisfeito, mas nada disse. Preferi ignorar a sua reação. Já havia muito com que me preocupar. Passei por eles fingindo satisfação e tratei de pegar as minhas coisas para irmos embora.

— Ah, Cléo! — minha mãe chamou, um pouco constrangida. — Não que seja da minha conta, mas... — Ela olhou para meu pai com receio. — Desde quando você bebe tanto?

— O quê? — Pisquei sem entender de onde ela havia tirado aquilo. Gelei ao imaginar se John teve a ousadia de contar algo. — Por que está dizendo isso?

— Sua geladeira, querida. Tem uns três tipos de cervejas... em quantidade generosa para uma garota sozinha.

— Bom... eu não ia comentar, mas encontrei no seu lixo da cozinha algumas latas vazias — meu pai colaborou com minha mãe.

Ah, droga! As cervejas! Minhas bochechas esquentaram tanto que tive medo de não conseguir falar. Douglas era o típico apreciador de cervejas artesanais. Nós tínhamos um pouco de todas as que ele aprovava, o que nunca foi problema para mim, além de ser um agrado para os nossos amigos, entretanto nunca seria visto como algo interessante, ou até mesmo descolado, para meus pais.

Aquelas cervejas em minha geladeira só alimentariam a ideia maluca que meu pai fazia de alguém que desejava viver da sua própria arte. Provavelmente agora ele começava a formular um Douglas alcoólatra induzindo sua única filha a um caminho de tormenta e vícios.

Ok! Se fosse possível, meu rosto pegaria fogo, como nos desenhos animados. Meus olhos iam do meu pai para minha mãe enquanto minha mente buscava a desculpa perfeita. A maneira como aguardavam por alguma resposta, com aquela expressão de preocupação, como se a separação tivesse me transformado em uma mulher louca e solitária, mexeu comigo com força.

Ou eu estava de TPM ou estava grávida. Não havia outra explicação. Meus olhos ficaram úmidos com muita facilidade, e precisei domar a vontade de mandar eles não se intrometerem em minha vida, que não era da conta deles se eu queria me alimentar de cerveja.

Entretanto, ao mesmo tempo em que me enfurecia, aquela sensação vergonhosa ganhava espaço, fazendo crescer a necessidade de não decepcioná-los. Ainda sem saber como, abri um sorriso imenso para eles.

— As meninas vieram ontem. Uma reunião regada a *pizza* e cerveja. Jess deve ter se esquecido de recolher o lixo da cozinha quando foi embora. — Respirei aliviada quando a minha desculpa suavizou a expressão deles. — Podemos ir?

— Claro! Vamos conhecer esse tal de Douglas.

— Pai!

CAPÍTULO 03

TRÊS DIAS ANTES DO DIA DOS NAMORADOS

NOITE

O PRIMEIRO PONTO PARA NÃO ENLOUQUECER é não se deixar seduzir pelas tentações do caminho. Manter a mentira em nome do amor é muito mais fácil do que encarar a verdade, além de ser menos custoso. Contudo, se nos permitirmos resistir às tentações e percebermos que quanto mais alimentamos a mentira mais nos afundamos naquele poço, mais nos embrenhamos nas brumas, tornando impossível o retorno.

A mentira é como areia movediça: ficar quieto só prorrogará a sua morte; debater-se encurta a sua estadia. Quando o objetivo é o amor, é neste ponto que você começa a enxergar que de nada adiantou, que nada justifica a sua atitude. É desesperador.

— E então... — meu pai falou, me obrigando a fechar o *tablet* quando nossas bebidas foram servidas. — Bonito local. Você vem sempre aqui?

— Não! Quer dizer... Douglas me trouxe uma vez — menti, aceitando o vinho que o garçom servia.

Eu não deveria beber diante da minha suspeita; entretanto, levando em conta tudo o que passei naquele dia que parecia nunca ter fim, preferi ignorar minha mente e fingir que não passava de uma suspeita infundada.

— Há quanto tempo vocês estão juntos?

Engoli um longo gole, criando coragem.

— Mais ou menos seis meses.

Percebi que meu pai fazia as contas. Minha mãe, um pouco assustada, acompanhava a conversa.

— Logo depois do fim do namoro com o John? — ela perguntou, levemente incomodada.

— Um pouco depois. — Levei outra vez o copo à boca, ciente de que estava bebendo rápido demais.

— Onde se conheceram? — meu pai perguntou, sério.

— Em Las Vegas, quer dizer... Douglas comprou o apartamento ao lado do da Jessye e nos vimos uma vez por lá, mas nos conhecemos mesmo em Las Vegas.

— Las Vegas? — Minha mãe ficou mais animada. — Tenho loucura para conhecer Las Vegas.

— Ah, a senhora iria amar! É muito divertido. — "E arriscado", acrescentei mentalmente, abrindo um imenso sorriso ao recordar como acabei casada com Douglas.

— Então vocês se conheceram logo depois da separação com o John? — meu pai insistiu. — Você já conhecia o Douglas quando terminou seu noivado?

— Não! Quer dizer... nós demos um tempo, eu viajei, conheci o Douglas e...

— Tem ideia do que está fazendo, Cléo? — ele me interrompeu.

— Pai, eu...

— Meu Deus!

Ouvi a voz atrás de mim e, no mesmo segundo, meus músculos começaram a travar.

— Que coincidência!

John passou por mim para ser recepcionado por minha mãe, que o abraçou com carinho, e meu pai, muito satisfeito com a presença dele, dando tapinhas amistosos em suas costas.

— Não imaginei que os encontraria assim. Sr. Ernesto, Dona Rosinha — ele disse cheio de carinho, o que me deixou ainda mais aborrecida. — Cléo!

Seus olhos se fixaram em mim, repletos de saudade. Quase revirei os meus ou mostrei a língua, em uma atitude rebelde.

— Como vai, John? Ele se inclinou e beijou meu rosto, se demorando mais do que seria permitido se meus pais não estivessem ali, nos olhando com tanta expectativa.

Fui atingida pelo seu cheiro. O mesmo perfume de sempre. Tive uma sensação... estranha. Alguma coisa modificava a minha maneira de perceber meu ex-noivo.

— Nossa! Quanto tempo! O que tem feito? — Sem cerimônia, puxou a cadeira e sentou ao meu lado, como se ainda fizesse parte daquela família.

— Ah...

Encarei meu ex-noivo, escrutinando sua face pela primeira vez em quase seis meses. John, apesar de ser o mesmo, estava diferente. Havia em seu rosto uma barba baixa muito bem desenhada, e sua camisa, apesar de ser social, parecia de uma qualidade melhor do que as que costumava usar quando ainda morávamos juntos e ele tinha todas as contas da casa para pagar.

"Pelo visto, a separação lhe caiu bem", pensei com certo desgosto. No mesmo instante, me corrigi. Não era da minha conta o que John fazia com o dinheiro ou se estava mais preocupado com a aparência. Eu também não fazia o mesmo? Não me matriculei na aula de pilates com medo de cair no sedentarismo e deixar de ser interessante para o meu marido?

Aquilo era tão patético! Balancei a cabeça e desviei o olhar para os meus pais e fiquei abalada. Eles realmente estavam emocionados com aquele encontro, na expectativa de um possível retorno. Eu tinha que acabar com aquilo.

— Você sabe, escrevendo... E agora com a visita dos meus pais.

— Sim, que maravilhoso! Deu aquela saudade de casa!

Que cretino mentiroso! John nunca gostava de voltar. Odiava o Brasil, criticava, debochava dos brasileiros que ainda acreditavam no país.

— Você está... linda!

— E você...

— Janta com a gente, John? — meu pai convidou, me pegando de surpresa.

— Pai!

— Não se preocupem. Eu estou aguardando alguns colegas do trabalho, não posso demorar aqui. Onde está Douglas? — perguntou, olhando diretamente para mim.

— Então você conhece o namorado da Cléo? — minha mãe perguntou, espantada.

— Não! — respondi rápido demais. — Eles se encontraram uma vez apenas.

John me questionou com os olhos, entendendo o que eu tentava esconder. Ele sorriu, satisfeito. Será que seria capaz de contar aos meus pais sobre o meu casamento?

— Sim, apenas uma vez.

Seu olhar se estreitou sem deixar de me observar nem por um segundo. Havia certa satisfação perversa naquele sorriso que esticou na ponta dos lábios.

— Então, seu... namorado... — O sorriso ficou mais amplo. — Não vem?

— Ele...

— Está atrasado — meu pai se intrometeu. — Primeiro encontro com os pais da namorada e já se atrasa — resmungou.

— Pai!

John deu uma risada irônica e curta ao cruzar os braços na frente do peito, com o ego inflado.

— Não vamos desvalorizar o esforço do rapaz — ele disse. — Não é muito fácil encarar o pai da namorada.

Talvez meus pais não entendessem o quão perverso aquele comentário foi. E eu não queria odiá-los por não estarem tão abertos ao meu novo relacionamento, até porque eu tinha a maior parte da culpa por estarmos naquele clima. A mentira era minha. O que mais poderia esperar?

Contudo, a participação de John, alimentando a antipatia dos meus pais, estava completamente fora do contexto. Para começar, ele nem deveria estar ali e nunca, jamais, em nenhuma circunstância, se achar no direito de falar do meu marido quando não teve sequer coragem de fazer o mesmo.

— Pelo menos posso garantir que Douglas não vai mijar nas calças quando chegar — eu disse.

Ele me encarou lívido, corando de leve quando meus pais riram relembrando o fato. Ok! Não era digno jogar aquele momento constrangedor na cara dele, entretanto também não era justo o que faziam com Douglas. E entre poupar John e defender o meu marido, não havia dúvidas de qual seria a minha posição.

— Foi maldoso da sua parte, Cléo — ele disse.

— Depois de tanto tempo, ainda não percebeu o quanto eu consigo ser...

— Cléo?

Estremeci ao ouvir aquela nova voz.

Como o dia poderia piorar de forma tão absurda assim? Não dava para acabar e começar outro? Deveria existir uma lei que obrigasse os problemas a acontecerem um de cada vez, e uma vez apenas ao dia, assim as pessoas não enlouqueceriam.

— Douglas! — Levantei com pressa para recebê-lo, deixando John para trás. — Que bom que chegou!

Meu marido já havia percebido a situação e encarava John sem acreditar na presença dele. Quando me olhou de volta, não havia como ignorar a sua acusação. Meu enjoo voltou com força, mas me segurei para não precisar revelar aquele problema.

— Sr. Rodrigues — ele disse, seco, estendendo a mão para o meu pai. — Sra. Rodrigues! — Beijou a mão da minha mãe, que sorriu admirada, se refazendo ao relembrar a presença do meu ex-noivo. — Sou Douglas, mar... namorado da Cléo!

Dei graças a Deus por meus pais não entenderem muito bem o inglês. John sorriu, debochado.

— Eles não entendem muito bem a sua língua, amor.

Passei meus braços nos dele e traduzi para meus pais o que Douglas falou. Meus pais apenas concordaram com a cabeça, trocando olhares rápidos entre eles e com John. Respirei fundo, controlando minha aversão àquela situação.

Douglas se sentou ao meu lado, ainda distante, aborrecido o suficiente para manter as mãos longe das minhas. A situação piorou quando John voltou a ocupar a cadeira do meu outro lado. Foi algo tão desconfortável que quase me encolhi até descer para debaixo da mesa.

De um lado, meu ex-noivo e sua arrogância, que o impelia a permanecer ali, desafiando Douglas e me constrangendo. Do outro, meu marido e toda a sua fúria acumulada desde que precisei colocá-lo para fora de casa. Os dois ali, me pressionando, exalando tanta força contra mim que eu me sentia sendo esmagada, como paredes se fechando sem me deixar escapatória.

Encarei meu pai, me perguntando se ele não seria o culpado por aquela saia justa. Desde que chegaram, fizeram questão de deixar claro o quanto gostariam que eu reatasse meu noivado com John; logo, não seria surpresa se eu descobrisse que meu pai foi capaz de bolar aquele plano ridículo e descabido.

O clima não ficou bom. Todo mundo olhando para todo mundo sem nada dizer. Procurei a segurança do meu relacionamento buscando a mão de Douglas embaixo da mesa. Seus dedos recepcionaram os meus com um forte aperto que em nada passava a sensação de certezas, e sim da mais pura fúria. Minha mãe ficava olhando de John para Douglas e de Douglas para John, tentando fazer comparações. Meu pai fingia não estar desconfortável.

E ainda havia o risco de John contar para os meus pais que eu estava casada com Douglas e que havia mentido para eles, o que, na minha opinião, se sobrepunha a todos os outros problemas.

Fiquei tão nervosa, com o estômago embrulhado, que, quando meu pai falou a sua primeira palavra, um "Então...", eu me levantei de supetão, quase derrubando a cadeira, chamando a atenção de todos.

— Eu... preciso ir ao... — olhei para os lados procurando alguma saída. — Banheiro.

Praticamente corri, querendo me livrar da culpa, do medo e do que estivesse em meu estômago.

Não sei se foi o nervosismo, a ansiedade, a possível gravidez ou tudo misturado, mas, quando me aproximei do banheiro, precisei correr para não vomitar na frente de todos. Pensando bem, talvez fosse uma boa ideia. Com certeza, meus pais parariam de dedicar tanto carinho ao John. E Douglas não se importaria mais com a presença do meu ex-noivo.

Em contrapartida, isso despertaria uma situação que eu não estava disposta a enfrentar. Douglas desconfiaria e, se isso não acontecesse, minha mãe com certeza me obrigaria a ir ao hospital. Lá, sim, confirmariam a minha condição ou não condição. De qualquer forma, era melhor não arriscar, por isso vomitei no vaso, fazendo pouco barulho, e enojada, como eu sempre ficava.

Joguei água no rosto, ciente de que ele ficaria arrasado. Eu não tinha maquiagem suficiente na minha bolsa para me recompor. Molhei a nuca, esfriei o pescoço e demorei mais do que qualquer pessoa normal demoraria.

Não sei o que seria mais vergonhoso: todos desconfiarem da minha suposta gravidez ou imaginarem que tive uma crise de diarreia. Humilhante! E não faltavam motivos para John se vingar de mim sugerindo tal situação, já que eu tinha ressuscitado a sua história constrangedora de quando meu pai nos flagrou no muro da minha casa e eu precisei apresentá-lo.

Retoquei o rímel, o lápis preto, o batom e implorei para que minha mãe não percebesse o rosto lavado. Seria uma hora de indagações.

Sei que eu deveria ao menos fazer o teste de farmácia e acabar de uma vez por todas com as dúvidas. O problema era que, com meus pais em São Francisco, em meu apartamento, com Douglas tão aborrecido e John se fazendo presente, qualquer outra situação não conseguia obter destaque. Além disso, temia confirmar aquela condição e precisar encarar meus pais quando estava mentindo para eles, para todos.

Contar a Douglas também estava fora de cogitação. Nem seria justo dizer a ele que havia a possibilidade de eu estar grávida, mas que precisaríamos aguardar meus pais irem embora para confirmar. Seria abusar demais da sua boa vontade. Sem contar que existia uma grande chance de Douglas não conseguir esconder de ninguém a nossa nova condição. E eu não teria coragem de contê-lo.

Então, estava decidido. Só confirmaria aquela gravidez quando estivéssemos sozinhos outra vez, juntos e em nossa casa.

Criei coragem e saí do banheiro. Precisava continuar com a farsa e fazer com que todos começassem a caminhar pela estrada certa. Meus pais no caminho de satisfação com Douglas, meu marido no de compreensão comigo e John... bom, John em um caminho bem distante do nosso, o mais distante possível.

Contudo, meus planos não seriam concretizados. Bastou passar pela porta do banheiro para dar de cara com meu ex-noivo, encostado na parede do corredor, aguardando por mim.

— Até que enfim — disse, descruzando os braços e ocupando todo o espaço que me permitiria escapar daquela conversa. — Já estava pensando em entrar para procurar por você. O que aconteceu?

— Qual o problema? — Pisquei várias vezes, sentindo meu rosto esquentar.

— Está tudo bem? Você demorou bastante.

— Não... quer dizer... sim... ah... não é da sua conta!

Ele abriu aquele sorriso cínico, que começava a me deixar furiosa.

— Com licença que preciso voltar à mesa — continuei.

— Por que não contou a eles?

Estanquei, assustada. Ele insistiu:

— Não contou aos seus pais que está casada?

— Isso não é da sua conta!

— Fico imaginando, Cléo, qual o motivo para ter escondido algo tão sério dos seus pais. — Com um pequeno passo, ele já estava bem próximo de mim, próximo o suficiente para que seu perfume me alcançasse e desnorteasse.

Céus! Aquilo era muito estranho.

— Eu não escondi, só... Estava aguardando o momento ideal para contar.

— Seis meses depois e ainda não encontrou esse momento especial?

Outro pequeno passo e eu sabia que estava em uma enrascada.

Fechei os olhos com força. John não tinha o direito de estar ali, me interrogando, como se fosse do seu interesse o que eu vivia com o meu marido. Por qual motivo ele fazia aquilo? A não ser que...

No mesmo instante, a imagem do nosso último encontro inundou minha mente. John ajoelhado, chorando, implorando para que eu não desistisse de nós dois. Seria esse o seu motivo? Mas como, se ele sequer voltou a me procurar depois disso? Nunca tentou resgatar o nosso relacionamento. Não que isso fosse importante para mim, afinal os seis meses de paz que vivi com Douglas foram maravilhosos, mas... Não, não era possível que John estivesse disposto a prejudicar meu casamento para se vingar de mim.

— O que faz aqui, John? — perguntei, tentando ganhar tempo.

Ele sorriu com satisfação.

— Incomoda a minha presença? Você ficou abalada?

— Não seja ridículo!

Balancei a cabeça, me negando a extravasar. Se o plano de John era me prejudicar, eu precisava ficar atenta. Não podia correr o risco de ter aquela mentira revelada naquela noite, na mesa do restaurante. Meu pai poderia não suportar, minha mãe teria um ataque de nervos, com certeza, e Douglas... esse seria o único satisfeito ali.

— Na verdade, estava pronta para contar a eles quando você chegou.

John voltou a cruzar os braços no peito, e seus olhos ficaram estreitos, me analisando. Seu recuo foi providencial, eu me afastei e respirei mais aliviada. Por que o seu perfume me causava aquela sensação tão... estranha?

— Então estraguei tudo?

— Sim, você estragou tudo.

Ele respirou fundo e descruzou os braços, jogando-os para cima.

— Ok, então! Já estou indo embora. Espero que conte a verdade aos seus pais. Eles não podem continuar na ignorância quanto à filha.

— Como eu disse, estava quase contando. Não é um problema seu. Com licença.

Deixei John para trás, sentindo minhas pernas ficarem bambas, como se as palavras dele fossem um aviso: ou eu contava ou ele contaria.

Quando começa a despencar, não tem mais volta nem há como se sustentar, impedindo a queda. A sua verdade, a que você utilizou para manter-se de posse do que tanto desejou, torna-se uma flecha atirada em sua direção, com pontaria impecável. Você pode tentar correr, se esconder, fugir o quanto conseguir, mas lá no fundo, pulsando em sua consciência, a certeza o castiga, avisando que de nada vai adiantar, é chegada a hora.

Paramos em frente ao prédio. Meu coração perdeu uma batida quando Douglas desceu do carro, olhou para cima e suspirou. Era horrível fazer aquilo com ele. Desliguei o celular, colocando-o na bolsa. Entrelacei meus dedos nos dele, ganhando a sua atenção.

— Foi um prazer, Douglas! — meu pai tratou de se despedir na porta do prédio, estendendo a mão para Douglas, numa linguagem universal.

Foi um aviso sutil de que não estava confortável com a provável presença do meu marido em nosso apartamento. Douglas me olhou de maneira acusadora. Minha mãe apertou a sua mão com um sorriso amarelo, sem coragem de dizer algo, pois sabia que não seria entendida. Ainda assim, Douglas disse um sem graça "foi uma ótima noite" para ela, que certamente não soube o que meu marido disse.

— Vou ficar mais um pouco — eu disse a eles, deixando claro que queria algum tempo de privacidade com meu "namorado".

Assim que meus pais fecharam a porta da entrada, tomei coragem, encarando meu marido.

— Noite estranha, não é mesmo? — falei, sem graça.

Ele largou minha mão, passou no cabelo e se afastou.

— Dia estranho. Aliás, meses estranhos.

Soltei o ar dos pulmões, me preparado para a briga. — Até agora eu não entendo como você pôde fazer isso. Como pôde esconder dos seus pais o nosso casamento? Como consegue sorrir e ficar relaxada depois de me colocar para fora de casa, me obrigar a encarar o seu ex-noivo no jantar e me deixar nessa relação delicada?

— Não tramei nada disso. Eu contei para você: eles já estavam aqui quando descobri que viriam. Foi tudo muito rápido, não tive como agir.

Ele riu aborrecido, nitidamente contrariado.

— Cléo, quando vai perceber que nada disso importa? Seus pais aparecerem de surpresa não é o problema.

— Tudo bem! Eu admito que errei. Não contei sobre você, sobre o casamento, sobre nada. Não tive coragem, está bem?

— Coragem?

— Eu fiquei com John por dez anos, Douglas. Era natural minha família e a dele pensarem em nós dois como algo sólido, concreto. O fim do meu noivado foi algo que impactou a todos e nem pude contar a verdade. Meus pais não sabem até hoje o que me levou a largar John.

Douglas escondeu o rosto nas mãos e balançou a cabeça, negando a situação. Eu continuei:

— Só posso pedir que me perdoe e que tenha um pouco de paciência. Eu vou contar, prometo! Só não queria que fosse assim, pegando-os de surpresa. Meu pai vai... sei lá! Ele vai ficar mesmo aborrecido por termos nos casado sem ninguém por perto.

— Por mais que eu tente, Cléo, não consigo não ficar aborrecido. Você, por medo, criou toda esta confusão. Se seus pais soubessem o que aquele moleque fez com você, eu não precisaria passar parte da minha noite fingindo não perceber o quanto a sua mãe lamentou não ser mais ele o genro.

— Ela não fez isso! — Tentei desdenhar, mas era impossível negar tal fato.

— Claro que ela fez. Seu pai também. Como acredita que me saí sentado a uma mesa de jantar com duas pessoas que não falavam a minha língua, sem você por perto e com aquele... — Parecia que ia estourar. — Puta que pariu! Aquele cara fez questão de só falar português para me impedir de participar.

— Não!

Eu sabia que não deveria deixar John com meu marido nem por um segundo sozinhos, mas o que podia fazer? Gritar para que ele fosse embora ou convidá-lo para me acompanhar ao banheiro?

— Droga! Desculpe, amor! Isso tudo é tão... — Puxei o ar com força, sem conseguir uma palavra adequada. — Perdão por tudo isso. Perdão!

Dei um passo em sua direção. A ideia de que eu permitia que tudo desse errado me corroía por dentro. E ainda havia a possível gravidez, que me levava por um lado oposto. Não queria brigar com meu marido justo quando estava prestes a lhe dizer que esperava um filho dele.

Era para ser um momento especial, único, só nosso. No entanto, a cada segundo desperdiçado sem revelar aquela verdade, desenvolvia-se na minha frente um cenário horrível de desconfiança e acusações. E a tendência seria piorar.

Desesperada, ciente de que cabia apenas a mim converter a situação, não consegui pensar em outra coisa que não fosse estar nos braços do meu marido, sendo acalentada, resgatando a certeza de que tínhamos um elo forte o suficiente para superarmos.

Douglas segurou minhas mãos quando tentei tocá-lo. Ele me olhava com censura.

— Douglas?

— Desculpe, Cléo, mas não dá! Você não está me pedindo para compreender que não posso ir ao jogo na quarta-feira porque comprou entradas para o teatro. O que está fazendo demonstra a sua falta de interesse e responsabilidade pelo nosso casamento. Eu sei que Las Vegas não é o ideal para alguém que nunca casou e...

— Não fale isso! — supliquei, mas ele não me deu atenção.

— Que sua família é tradicional e seu casamento deveria seguir alguns rituais, mas esconder a verdade e me colocar para fora de casa passou de todos os limites.

— Ah, droga, Douglas! Não faça eu me sentir pior.

— E eu?

Nós nos encaramos, cada um com a sua justificativa, a dele carregada de cobranças, o que tornava a situação ainda mais crítica.

— Você mentiu para os seus pais quando nos casamos sem querer. Fez com que eu mentisse e convivesse com eles mesmo sabendo que em pouco tempo estaríamos separados — acusei.

Ele recuou.

— É uma situação diferente. Não éramos casados de verdade, e você era noiva de outra pessoa.

— Um motivo mais do que justo para não me fazer mentir para pessoas tão adoráveis.

Douglas mordeu o lábio inferior, desviou o olhar e, em seguida, se deu por derrotado, balançando a cabeça em negação.

— Tudo bem. Se é assim que quer fazer, por mim tudo bem. Preciso ir. Bill vai sair e não tem a chave reserva. A gente se vê.

— Douglas? — lamentei diante da sua fuga. Douglas deu a volta no carro e destravou a porta. — Vai mesmo embora dessa forma?

— Ligo para você quando estiver menos aborrecido.

Ele entrou no carro e foi embora, me deixando na calçada, sozinha e triste. Por que tudo precisava dar tão errado?

Derrotada, entrei no prédio revoltada com o mundo. Odiava aquela encrenca em que me meti, odiava John, odiava até mesmo meus pais por terem feito aquela surpresa. Que saco!

Abri a porta e dei de cara com minha mãe saindo da cozinha com um copo de água. Ela me olhou e sorriu daquele jeito que quebrava qualquer aborrecimento.

— Está tudo bem? — perguntou com carinho.

— Está sim, mãe — menti, incapaz de desfazer aquele sorriso dela.

— Que ótimo! Vou deitar, vejo você amanhã. — Seu beijo gentil aqueceu minha bochecha e me vi outra vez como uma adolescente de quinze anos. — Boa noite, Cléo!

— Boa noite, mãe!

Ela entrou no quarto, fechando a porta. Eu me sentei no sofá, ruminando os últimos acontecimentos e me dando conta de que aquela seria a primeira noite, desde que eu disse meu segundo "sim" em uma capela de Las Vegas, que dormiria longe de Douglas. Fiquei com o coração apertado, pequeno, dolorido.

Tirei o celular da bolsa, procurando por alguma mensagem, uma desculpa, uma nova acusação, qualquer coisa que arrancasse de mim a ideia de que nosso casamento rolava ladeira abaixo. Mas Douglas mantinha-se em silêncio, aumentando o barulho dentro de mim.

Abri o bloco de notas e comecei a digitar.

Somente quando você encara esta situação, quando, mesmo sentindo o buraco no peito apertar, a certeza de que não existe outra alternativa, entende o quão desesperador é se desfazer da fantasia.

Deixar cair por terra a ilusão criada e ficar cara a cara com o mundo real, com as feridas abertas pelas mentiras contadas, com as acusações não apenas externas, existentes nos olhares e palavras de quem foi magoado, mas, também, e principalmente, da sua consciência, que finalmente, depois de muito lutar, ganha voz. E esta fica cada vez mais alta.

É como despir-se em praça pública e ser apontada como motivo de chacota. Não há mais como esconder todas as partes reveladas.

Suspirei, derrotada, ainda mais deprimida, sem coragem de continuar escrevendo a minha derrota. Ainda assim, desafiando o meu lado masoquista, abri a pasta de fotos e dei de cara com a última que tiramos, na noite anterior à chegada dos meus pais, deitados em nossa cama, ele me segurando em seus braços, a felicidade estampada em nosso rosto. Foi como um tiro no peito.

Ah, Deus! Eu sentia muita falta dele. Não só de dormir ao seu lado, mas de poder rir e me sentir segura para conversar sobre tudo. Sentia falta do seu olhar apaixonado, tão diferente do de mais cedo, cheio de reprovação.

O que eu estava fazendo com a gente?

Decidida, eu me levantei do sofá em um pulo, peguei a bolsa, a chave de casa e desci com pressa. Precisava encontrar Douglas, o meu marido.

Conferi as horas no celular, me dando conta de quão tarde era. Nos últimos dias, naquele horário, eu já curtia o sétimo sono, mas, por causa das circunstâncias, me sentia bem desperta quando bati à porta de Bill, ensaiando um argumento para estar ali.

E, conhecendo o Bill como eu conhecia, era capaz de o encontrar com alguma mulher. Não bastava o constrangimento de precisar equilibrar a balança quando ele, Jessye, Hilary e Michael estavam no mesmo espaço, ainda tinha que fingir não haver constrangimento quando o melhor amigo do meu marido estava com outra mulher.

No mesmo instante, enquanto encarava a porta fechada, pensava em como Douglas ficaria com Bill e uma mulher em casa, e, como se um raio caísse em minha cabeça, me vi sofrer ao imaginar que essa garota poderia ter levado uma amiga para conversar com o amigo do Bill que havia sido posto para fora de casa. Droga!

Bati à porta com mais força, nervosa, aborrecida, temerosa.

Ouvi uma porta se abrir, passos no assoalho, e a luz da sala acender. Logo em seguida, um Douglas sonolento, cabelo bagunçado e cara emburrada abriu a porta de forma displicente. Seus olhos ficaram imensos quando me viu e depois duros, me acusando.

— O que faz aqui?

Contorci os pés sem saber como iniciar aquela conversa, mas também deixei que meus olhos captassem o que havia atrás dele, em busca de movimentos inadequados ou presenças, entretanto só vi uma sala vazia e silenciosa. Deixei que nossos olhos se encontrassem, os meus cheios de culpa, e os dele cheios de acusação.

— Desculpe! — sussurrei.

Douglas estreitou os olhos, aborrecido, porém, quase no mesmo instante, seu semblante se abrandou, enchendo-se de carinho e compreensão. Meu Deus! Eu amava tanto aquele homem que esquecia que passei a amá-lo por causa de uma mentira, uma armação. Ele era tão perfeito!

Fui puxada para seus braços e acalentada, como tanto desejei. Douglas enfiou o rosto em meu cabelo, me apertando no seu abraço, como se a saudade fosse algo doloroso. E de verdade era. Relaxei por completo.

— Vou contar a eles. Prometo que amanhã acabo com isso.

— Tem certeza?

Fechei meus braços ao seu redor como uma resposta.

— Eu te amo, Douglas!

Meu marido se afastou, me encarando como se precisasse confirmar minhas palavras. Sua mão foi para o meu rosto, o polegar acariciando minha bochecha. Então algo se modificou na atmosfera. Seus olhos ficaram quentes, sua mão irradiando uma energia que mexia comigo, atiçava o meu corpo, emanava calor para todas as minhas células.

— Também te amo!

Ele se inclinou e me beijou. O primeiro segundo em que nossos lábios se encaixaram havia apenas a saudade e a rendição, mas logo em seguida fomos consumidos pelo desejo que sempre nos dominava quando estávamos tão perto um do outro.

Minha mente me alertava de que o avançar das horas seria um problema para quando eu precisasse voltar, mas esse pensamento ficava cada vez mais distante, se afastando à medida que eu me colava ao corpo do meu marido e permitia que suas carícias me guiassem.

Há muito havia aprendido que jamais conseguiria resistir a Douglas, até mesmo quando ele não era a minha realidade e nosso relacionamento era algo impossível de conceber. Eu já era fraca em relação a ele e continuava sendo, enfraquecendo cada vez mais, todas as vezes em que o seu amor era confirmado.

Ah! Eu amava tanto Douglas! Amava nossos momentos, nossas carícias, a maneira certa como nos encaixávamos e nos completávamos. Eu simplesmente amava tudo o que vinha dele, porque não havia nada em Douglas que me dissesse o contrário.

— Dorme aqui? — disse, ainda em meus lábios, como se soubesse o que passava em minha cabeça, me encaminhando com calma para a porta do quarto onde provavelmente dormiria.

Sem coragem para negar o seu pedido – e, sendo bem verdadeira, sem vontade também –, apenas balancei a cabeça, concordando, e me deixei ser conduzida, puxando nossa bolha para que nada externo nos atrapalhasse e ouvindo a porta bater com um baque que nos isolou do mundo.

CAPÍTULO 04

DOIS DIAS ANTES DO DIA DOS NAMORADOS

MANHÃ

A claridade foi o que me fez despertar. Apesar de estar em um sofá-cama de solteiro, que era o que Bill tinha em seu escritório, eu me sentia confortável deitada no peito de Douglas, com seus braços me protegendo do mundo. Mas a claridade rompeu as barreiras das pálpebras e me fez entender, de forma desesperadora, confesso, que já era dia, ou seja, eu estava muito enrascada.

Eu me levantei o mais rápido que consegui, procurando minhas roupas e tentando a todo custo ignorar o enjoo matinal. Colocaria tudo em risco se vomitasse no banheiro do melhor amigo do meu marido. Ainda não era hora de Douglas saber das minhas suspeitas. Pelo menos não enquanto eu ainda não tivesse contado a verdade aos meus pais.

Contava como vantagem não precisar escovar os dentes. A escova era a minha pior inimiga.

— Cléo? — Sua voz sonolenta era tão adorável que eu me sentia convidada a retornar aos seus braços. — Que horas são?

— Tarde! — falei com urgência, puxando a calcinha para cima, o sutiã quase no lugar. Douglas se movimentou, depois se deixou cair no sofá-cama.

— Não são nem sete horas da manhã. O que faz de pé?

— Preciso ir embora.

Achei meu vestido, todo amassado, o que me fez gemer. Meus pais saberiam que passei a noite na rua com toda certeza. Joguei o tecido pelos braços, descendo-o o mais rápido que conseguia.

— Qual o problema? — ele resmungou.
— Meus pais. Esqueceu que eles estão lá em casa?
— E daí?

Evitei olhá-lo, me sentindo ridícula e envergonhada. Douglas jamais entenderia o meu constrangimento em admitir para os meus pais que passei a noite fora com o meu "namorado". Ele não entendia que a situação era estranha para mim quando ainda estava envolvida com a mentira.

— Droga, Cléo! Não contou a eles que dormiria aqui, não foi? Não contou que estaria comigo.

Ajeitei o vestido, arrumei o cabelo, tentando ter o máximo de tempo antes do confronto.

— Como eu diria a meu pai que dormiria com meu namorado?
— Da mesma forma que disse a ele que iria morar em outro país com o seu noivo.

Respirei fundo.

— Fiquei noiva justamente por causa disso. E não vim morar com o John. Morei com a Jessye e, antes disso, em um dormitório da faculdade.
— Isso não tem lógica. Você já é adulta, independente, casada!
— Um detalhe que eles ainda não descobriram. Preciso mesmo ir, amor.

Eu me sentei ao seu lado para um beijo de despedida. Douglas demonstrou estar bastante contrariado. Olhei para fora, me dando conta de que não me restava tanto tempo. Dei um beijo rápido em meu marido e me levantei com pressa.

— Ligo assim que estiver com tudo resolvido. Vamos combinar alguma coisa para hoje.
— Cléo, hoje...

Abri a porta do escritório, tentando escapar das suas tentativas, e, assim que cheguei à sala, dei de cara com Bill beijando uma garota estranha, com a porta do apartamento aberta. Nesses momentos eu agradecia por minhas amigas ficarem longe dele.

— Cléo! — disse ele, animado. — Quanta honra recebê-la em minha humilde residência!
— Bom dia, Bill! Tchau, Bill!

Passei por ele, me virando para dar uma última olhada na casa, e percebi Douglas na porta do escritório, me olhando nada satisfeito.

— Não vai levar o marido? — Bill provocou.

— Tome conta da sua vida!

Desci o mais rápido possível, formando um plano em relação aos meus pais, mas, quando virei a esquina para a minha rua, não tinha formulado nenhuma desculpa plausível para estar tão cedo, com a mesma roupa do dia anterior, toda amassada, fora de casa. Até que passei pela padaria e consegui a prova perfeita.

Ao sair, lembrei do quanto Douglas amava o cheiro do pão quente e do café novo. Meu coração encolheu de tristeza e de medo. Por mais difícil que fosse expor a verdade aos meus pais, era ainda pior encarar meu marido. Não podia mais adiar aquilo.

Entrei em casa com cinco pães quentinhos e dois *croissants* que eram fantásticos. Como previsto, minha mãe já estava acordada, abrindo e fechando as portas dos armários da cozinha.

— Bom dia! — falei, pegando-a de surpresa. Minha mãe levou a mão ao peito, encostando-se na bancada e sorrindo sem graça.

— Bom dia! Eu procurava o pó do café. Onde você estava?

Seu olhar desceu pelo meu corpo, conferindo o vestido longo que usei no jantar da noite anterior. Aquele frio no estômago me impedia de falar. Encarei minha mãe por um tempo, me perguntando como conseguiria fazer com que aquilo não virasse um drama capaz de destruir a viagem dela. Não nos víamos há tanto tempo, e eles fizeram questão de me visitar, então...

"Para, Cléo! Você precisa contar a verdade!" Pensei alarmada, o ar entrando como pedras pelos meus pulmões. Eu estragaria tudo. Qualquer decisão que eu tomasse, estragaria tudo.

— Acordei cedo e fui buscar pão. — Sorri sem jeito, virando de costas, fingindo procurar a cesta de pães, buscando coragem. — Mãe, eu queria... — Engoli com dificuldade. — Na verdade, eu preciso... eu...

— Aconteceu alguma coisa? Já sei. Douglas se aborreceu com a presença do John ontem no restaurante? — Pelo seu tom de voz, percebi que se divertia com a situação.

— Na verdade...

— Porque percebemos que ele ficou aborrecido.

— Perceberam?

— Sim. Não seria uma boa mãe se não estivesse atenta ao rapaz que namora a minha filha.

— Ah... hum! — Cortei um pedaço do pão, colocando-o na boca.

— Você não está acostumada a isso, Cléo — disse, pegando o pote de café da minha mão. — É comum, às vezes, os rapazes competirem um pouco.

— Bem, não...

— E John parece querer você ainda.

Tossi sem acreditar que ela parecia se divertir com aquilo.

— E Douglas...

— O que tem Douglas?

— Não sei. Ele gosta de você, mas...

— Mas? — Precisei desviar o olhar quando ela me encarou, buscando não parecer tão interessada em seu julgamento quanto ao meu marido.

— Não sei. Ele ficou muito enfezado.

— Vocês conversaram em português o tempo todo. Douglas não entende a nossa língua.

— E nós não entendemos a dele — meu pai falou, entrando na cozinha. — Bom dia! Está frio hoje, não acham?

Dei as costas outra vez, abrindo o armário para pegar algumas coisas para o café da manhã. Minha mãe podia sentir-se melhor sabendo que Douglas gostava de mim, contudo a ideia de que ele não seria alguém como o John, ou até mesmo melhor do que John, o que era a mais pura verdade, desfavorecia o equilíbrio da balança.

Minha mãe preferia John, e meu pai... Com certeza meu pai preferia o meu ex-noivo, o que era uma droga! Não dava para ouvir aquilo deles e simplesmente dizer "Meus queridos pais: Casei... E agora?". Não! Jogá-los nessa situação só desfavoreceria Douglas.

— Sabe, Cléo... — meu pai falou como se não quisesse nada. — Esse Douglas parece ser um bom rapaz, mas John ainda é o seu par perfeito.

Estava decidido, antes da verdade eles precisavam conhecer a pessoa que o meu marido era, enxergar o homem maravilhoso com quem me casei e entender o quanto fui certa em escolher ficar com um homem desconhecido com quem casei bêbada em Las Vegas do que com aquele que esteve comigo durante dez anos e no final se revelou um crápula.

— Douglas é o meu par perfeito — rebati tardiamente.

Meus pais se entreolharam com aquela cara de quem está diante de uma filha birrenta que vai continuar aprontando se tiver atenção. Confesso que, em situações como aquela, eu acreditava mesmo estar grávida, pois meus hormônios pareciam estar em reboliço, causando uma revolução dentro de mim. Tive vontade de bater o pé no chão e esfregar na cara deles o meu casamento e o quanto consegui ser feliz naqueles últimos seis meses, mais do que fui em dez anos ao lado de John.

— O que vamos fazer hoje? — falei, forçando um sorriso e engolindo toda a minha birra de adolescente tardia.

Captei outra troca de olhar, porém, desta vez, minha mãe parecia alertar meu pai, que arqueou uma sobrancelha sem se importar com a advertência dela.

— John nos convidou para um passeio no *Golden Gate Park*. Nós aceitamos, claro!

— Ah, que ótimo! — resmunguei, aborrecida.

Peguei os pratos, deixando a cozinha para arrumar a mesa da sala para o café da manhã, ainda ruminando o quanto aquela visita estava sendo um desastre. Ouvi meus pais sussurrarem na cozinha, minha mãe um pouco mais exaltada. Preferi permanecer na sala, arrumando milimetricamente os pratos, a retornar e encará-los. Até que minha mãe se aproximou com as canecas nas mãos.

— Não usa xícara nesta casa? — brincou, colocando-as sobre a mesa.
— Preferimos canecas.
— Preferimos?

No mesmo instante, fiquei alerta.

— Ah, sim! Nós... a... população norte-americana.

Ela estreitou os olhos e fingiu não sorrir quando organizou outra vez as canecas sobre a mesa.

— Por que não tira o dia para fazer as suas coisas, Cléo?
— Como assim?
— Nós vamos passear com John e você vai trabalhar ou... lavar roupa, fazer mercado, visitar uma amiga... — Deu de ombros. — Não queremos atrapalhar a sua rotina.
— Não estão atrapalhando.

Eu só podia estar grávida mesmo. Do contrário, o que significava aquele aperto no peito e o nó em minha garganta só porque não queria que meus pais imaginassem que me incomodavam com a presença deles?

Eu tinha o direito de não querer John na minha vida, não tinha? E meu pai estava errado em aceitar o convite sem me consultar antes. Ainda assim, precisei fazer um esforço anormal para não chorar, me sentindo culpada demais.

— É só que...

— Eu sei. Seu pai às vezes passa dos limites. Vá fazer alguma coisa para você e, quando terminarmos o nosso passeio, podemos nos encontrar. O que acha?

— Acho fantástico, mãe! Obrigada! — Uma lágrima escorreu pelo meu rosto, me deixando constrangida.

— Está chorando?

Muito rapidamente, passei a mão no rosto. Respirei fundo, com pressa, para que outras não descessem também.

— Só... senti falta de vocês.

Ela me deu aquele sorriso doce, me fazendo voltar a ser uma menina. Em seguida, me abraçou com carinho.

— Sim, nós também sentimos a sua falta, querida.

CAPÍTULO 05

DOIS DIAS ANTES DO DIA DOS NAMORADOS

TARDE

Mesmo sem coragem, passei na farmácia no caminho da casa de Jessye e comprei um teste de gravidez. Não dava para continuar na dúvida. O problema seria guardar segredo de Douglas caso fosse confirmada. Mesmo assim, fiz o que acreditei ser o certo.

Não consegui contar a verdade sobre o casamento aos meus pais, mas minha promessa era de que eu contaria naquele dia, e ainda faltava muito para o dia acabar, então dava para bolar algum plano perfeito. E nada melhor do que minha amiga Jessye para essa atividade, afinal ela foi a mentora do plano louco de me unir a Douglas em uma viagem de despedida de solteira.

Foi complicado encarar a minha amiga depois de revelar tudo. Jessye estava há mais de quinze minutos com uma cara de espanto, com o olhar fixo no tapete da sala, parecendo quebrar a cabeça para elaborar a melhor forma de solucionar aquele problema.

— Jessye? Ela piscou, acordando do transe, levantando o olhar para mim como se só naquele segundo se desse conta da minha presença.

— É tão complicado assim?

— Só posso saber depois que fizer o teste.

— Por quê?

— Porque aí teremos dois problemas para resolver.

— Ah, droga! — encostei no sofá, me sentindo derrotada.

— Cléo, vamos com calma. Uma coisa de cada vez. Entra no banheiro e faz o teste.

Minha careta em resposta fez Jessye estreitar os olhos e se levantar do sofá.

— Não é possível que sempre tenho que ser a pessoa que vai dar o pontapé em você. Já para o banheiro.

— Mas eu não quero fazer xixi.

— Beba água. Caminhe pela sala. Abra as torneiras. Pense em uma cachoeira, em frio, tenha um orgasmo! Qualquer coisa!

— Um... orgasmo? — Encarei minha amiga sem acreditar.

— Sim. Eu sempre fico com vontade de fazer xixi quando tenho um orgasmo. Você não?

Balancei a cabeça, constrangida demais com a ideia.

Ciente de que argumentar não teria nenhum peso naquela conversa maluca, me levantei e fui buscar um copo com água, mas, covarde como eu era, bebi cada gole com o máximo de tempo que pude. Jess andava pela sala, com toda a sua hiperatividade. Ela jogou os braços para cima quando me viu voltar.

— Já para o banheiro!

— Existe uma condição. — Mesmo sob o olhar crítico da minha amiga, não me deixei intimidar. — Você não vai contar sobre isso para ninguém.

— A intenção não é arrumar uma forma de contar?

— Exato, mas eu vou contar. Entendeu? Eu! Você não vai falar uma palavra sobre o que conversamos aqui para ninguém. Promete? Jess fez uma cara de quem não se importava, o que me fez ter receio.

— Tudo bem.

Não tive tanta certeza quanto à seriedade da sua promessa. Jessye era uma amiga maravilhosa, mas eu ainda guardava um resquício de desconfiança diante do que ela fez quando decidiu me afastar de John. Deu tudo certo, porém poderia não ter dado.

Entrei no banheiro, abri a caixinha com todo o cuidado, li todas as instruções com atenção e, quando criei a consciência de que não havia mais como procrastinar, fiz o teste.

Aguardar foi a pior parte. Fiquei encarando o bastão, meu coração acelerando à medida que as duas listras vermelhas ganhavam corpo e se tornavam cada vez mais visíveis. Ainda demorei alguns minutos estática, encarando aquelas listras de um vermelho vivo, assimilando a mensagem e absorvendo o desespero.

Ok! Eu estava grávida.

Agora não havia mais como negar a verdade ou enrolar quanto ao assunto. Eu estava grávida! Do homem que eu amava! Meu Deus! No mesmo segundo, engasguei com a ideia de que não poderia esconder dele. Não seria justo deixar Douglas de lado, nós tínhamos que repartir aquela felicidade.

E meus pais? Droga! Não havia mais como manter aquela confusão. Eu tinha que contar a Douglas sobre a gravidez e aos meus pais sobre o casamento. E o quanto antes. Naquela noite. Sem falta.

Abri a porta do banheiro, esbarrando com minha amiga, que parecia querer se fundir à porta.

— E aí?

— Preciso de um minuto. — Fui até o sofá para pegar meu *tablet* de dentro da bolsa.

— Não deu tempo ainda de ter uma resposta?

Ela entrou no banheiro. O bastão ainda estava lá, então ela teria a informação que tanto queria. Eu, no momento, precisava escrever.

E o problema é que a vida sempre se encarrega de lhe dar o número de reviravoltas suficientes para que você, enfim, entenda que a mentira foi o pior caminho a ser tomado.

Tudo começou a esmorecer quando saí da casa de Jessye, com todas as certezas formadas, e recebi uma mensagem de Douglas. Foi o suficiente para me deixar apreensiva.

"Contou a verdade? Como foi? Precisa de mim?"

Fiquei segurando o celular, encarando a tela, sem coragem para responder, ao mesmo tempo em que me enchia de vontade de contar que seríamos pais. Com um suspiro, desisti de tudo. E então chegou uma mensagem nova.

"Acabei de conseguir entradas para o jogo do Giants para hoje à noite. O que acha? Será que seu pai gostaria de assistir a um pouco de beisebol?"

Ah! Que fofo! Eu envolvida em uma mentira sem tamanho, cada vez mais complicada de ser solucionada, e ele todo empenhado em conseguir a aprovação dos meus pais. Douglas era mesmo um sonho. Ainda assim, havia um problema. A mentira não só permanecia, como conseguiu crescer. Decerto, sua empolgação era baseada na ideia de que eu já havia contado aos meus pais sobre o nosso estado civil.

"Claro que sim. Ele vai adorar!" Escrevi rapidamente e guardei o celular na bolsa, antes que ele insistisse sobre a conversa que eu já deveria ter tido com os meus pais.

Segui para o *Golden Gate Park* de ônibus, mas aluguei uma bicicleta tão logo entrei no espaço, afinal não seria tranquilo caminhar aquela longa distância para encontrá-los no Jardim Botânico, como combinamos.

Para a minha surpresa, assim que localizei meus pais, percebi que John ainda estava com eles.

Que droga!

— Olá! — cumprimentei com receio.

Não sabia o que John fora capaz de revelar aos meus pais ou como estes estariam depois de um dia inteiro ao lado do meu ex-noivo, alimentando a esperança de um retorno entre nós dois.

— Cléo! — disse minha mãe, me abraçando. — Ah, uma bicicleta! Tudo o que eu adoraria agora. Meus pés estão me matando. Eles me fizeram caminhar quase o parque inteiro!

Sorri sem jeito, mas aliviada por ela não estar me acusando de ser uma mentirosa.

— Espero que tenha sobrado um pouco de disposição para mim — brinquei.

John entrou no meu campo de visão, me obrigando a cumprimentá-lo.

— Como vai, John?

— Melhor agora.

De forma muito ousada, levantou a mão e acariciou meu rosto. Abri a boca, chocada com tamanha coragem, porém fiquei ainda mais escandalizada quando ele se inclinou e salpicou um beijo em minha bochecha. Fiquei vermelha de raiva, com o ar retido no peito e uma vontade imensa de chutar a canela dele.

John não conhecia o conceito de "meu espaço", principalmente quando este estava bastante ampliado depois da sua proposta absurda.

— Vamos? — Virei para os meus pais, ansiosa por deixar John para trás e dar continuidade aos meus planos.

— Por que a pressa? — meu ex-noivo continuou.

Respirei fundo para não ser grosseira. Por que ele agia assim? Não entendia que meus pais podiam até não saber sobre o casamento, no entanto eu sabia e estava feliz com a minha decisão. Só isso deveria ser suficiente para que ele me deixasse em paz.

— Vamos ao jogo do *Giants* — informei com certo alívio.

John nunca conseguiria uma entrada àquela altura do campeonato.

— Uau!

Apesar da sua surpresa, pude perceber que foi um baque para John saber que Douglas tinha mais privilégio do que ele. Seu olhar deixava claro que não ficou satisfeito com aquilo.

— *Giants*? — Meu pai questionou.

— O time de beisebol daqui — informei. — É um grande jogo. O time é mais ou menos como o Palmeiras ou Fluminense.

John riu, meio que disfarçando. Não me importei. Todo mundo sabia que eu não curtia muito futebol. Era esperado que, da mesma forma, não entenderia de beisebol. Quem se importava? Eu só queria ter a oportunidade de fazer com que os meus pais firmassem uma boa impressão a respeito do meu marido.

— Deve ser interessante — meu pai falou depois de um tempo. — Você vem com a gente, John?

Meu ex-noivo sorriu amarelo e deu um passo para trás. Desta vez, nem me dei ao trabalho de temer. John jamais conseguiria entrar naquele jogo.

— Acho melhor não.

— Por quê? Por causa da Cléo? Ela não se importa, não é mesmo? — meu pai falou, me deixando ainda mais vermelha e aborrecida.

Puxei o ar para contra-atacar, deixar claro que sim, eu me incomodava com a presença inconveniente do meu ex-noivo, quando John resolveu fazer isso por mim.

— O problema não é esse. — Ele sorriu como se quisesse parecer inocente, mas percebi de cara o quão diabólico poderia ser. — Cléo com certeza não se oporia à minha presença, mas Douglas... — Ele fez uma careta, me deixando com vontade de atacá-lo com minhas unhas.

John realmente não sabia o que era aborrecer uma mulher grávida. Ah, Deus! Grávida! Quando imaginei? Balancei a cabeça, me obrigando a voltar à realidade.

Contei mentalmente até dez, me obrigando a não ser rebelde a ponto de revelar a verdade aos meus pais ali, naquele momento, mas a verdade mesmo, do início, pontuando os motivos que me levaram àquela viagem, expondo John de uma forma como nunca me imaginei fazer.

A sorte dele era que eu não queria fazer aquilo de qualquer jeito, criando uma confusão maior, deixando a situação sair do controle. Se não fosse a possibilidade de minha mãe ter um ataque ou meu pai agredir John com socos, e esta parte chegava a ser tentadora, eu teria contado.

Serviria inclusive para que meus pais se envergonhassem de tentar forçar a nossa relação, por terem passado um dia inteiro desfazendo de Douglas e preferindo John. Ah, sim! Eles se envergonhariam com toda certeza.

Ainda assim, era melhor não causar aquela confusão antes da hora. Eu ainda precisava contar a Douglas que estava grávida, e uma coisa não podia acontecer sem a outra.

— É melhor irmos. Douglas vai nos encontrar em um café próximo ao estádio.

E assim perdi a chance de dar o troco a John.

CAPÍTULO 06

DOIS DIAS ANTES DO DIA DOS NAMORADOS

NOITE

Douglas nos esperava em um café charmoso para de lá irmos ao estádio, no *AT&T Park*. Minhas mãos tremiam, e meu estômago revirava todas as vezes em que me dava conta de que íamos ao encontro do meu marido e que ainda não havia contado a verdade aos meus pais.

No entanto, fiquei com a ideia de que, se chegamos até ali, a prioridade seria contar a Douglas sobre a minha gravidez e, depois disso, resolvermos juntos como contaríamos aos meus pais sobre o nosso casamento. Estabelecida a ordem, comecei a me perguntar como encontraria o momento adequado – e privado – para revelar a meu marido sobre a gravidez, e nada me vinha à cabeça.

Douglas nos esperava em um espaço muito gostoso, um café que encontramos e nunca mais abandonamos. Apesar de adorar o ambiente, tinha consciência de que privacidade seria impossível. O local pequeno, com poucas mesas, arrumadas uma ao lado da outra, compartilhando um banco americano acolchoado que tomava as paredes laterais, não me favorecia.

O bar era restrito a um balcão de mais ou menos um metro e meio, com três bancos altos, e, mesmo que eu imaginasse se conseguiria alguns minutos ali com Douglas, não havia possibilidade de revelar a minha condição sem alertar outras pessoas.

Abrimos a porta, agradecendo pelo calor delicioso do lado de dentro, e no mesmo instante vimos Douglas sentado na única cadeira oferecida pelo conjunto da mesa, com um café nas mãos.

Reservei alguns segundos para analisar o meu marido, lindo, cabelo negro e liso com corte estilo *Top Gun*, os cílios longos e bem desenhados, os olhos tão escuros quanto os fios, a boca que eu tanto amava e desejava, o corpo esbelto, malhado, escondido em uma camisa azul de mangas compridas e uma calça *jeans* que eu adorava, pois deixava a sua bunda tentadora.

Então fui dominada pela emoção de saber que dentro de mim crescia o filho daquele homem. Uma criança que não planejamos, mas que com toda certeza seria amada e protegida como se a tivéssemos desejado no momento em que nossos olhos se encontraram pela primeira vez.

Eu sabia que Douglas não temeria. Nunca temeria. Ele seria capaz de enfrentar a situação com a mesma força e determinação com que resolveu me convencer de que estar casada com ele era melhor do que voltar para os braços de alguém como John. Porque ele sabia que era o certo. Ele sempre sabia das coisas, por isso eu o seguia sem precisar questionar.

Só voltei a mim quando seus lábios encostaram nos meus, depois de cumprimentar meus pais adequadamente. Ele me olhou de uma forma quente, satisfeita, e seus braços seguraram os meus quando indagou:

— Tudo certo?

E aquela frase quebrou todo o nosso momento. Mesmo falando em inglês e eu ciente de que meus pais não entenderiam a sua pergunta, corei de forma violenta. Douglas entendeu no mesmo instante. Suas mãos me abandonaram, assim como seu sorriso.

— Eu vou contar — revelei sem querer continuar com os olhos do meu pai afiados em nós dois. — Antes preciso falar uma coisa para você.

— Fale.

— Não aqui. É... — Corei um pouco mais, sentindo minhas bochechas esquentarem de forma absurda. — É algo muito pessoal.

— Algum problema?

Consegui sorrir, mesmo diante de tamanha pressão. Douglas nunca deixaria de me atender, mesmo estando tão aborrecido comigo. Ele era o homem perfeito.

— Não. É só... uma coisa.

— Ok!

Comemos sanduíches frios com café escaldante. Consegui equilibrar uma conversa leve entre meus pais e Douglas, servindo como intérprete, fazendo com que os dois lados entendessem e se comunicassem sem nenhum problema.

Entretanto, mesmo com minha mãe já menos travada em relação ao meu marido, meu pai parecia nos avaliar a cada segundo, sempre atento à maneira como nos comportávamos, ao tom que Douglas utilizava, à maneira como nos tocávamos e, principalmente, à tensão que havia entre nós dois, mesmo com a outra direção que a conversa tomou. Ela continuava pesando sobre nossos ombros.

A conversa particular só aconteceu quando chegamos ao estádio. Como Douglas conseguiu as entradas de última hora, ficamos em fileiras diferentes, meus pais duas abaixo da gente. Era o máximo que eu teria de privacidade.

— Então, o que aconteceu? — ele iniciou sem me dar trégua.

— Eu ia contar. Precisava contar, até porque descobri uma coisa que deixa a situação um pouco mais delicada, quer dizer... Não que piore, afinal é algo que devemos festejar... Enfim, pretendia fazer quando fui buscá-los no *Golden Gate Park*, imaginando que John não estaria mais com eles, então...

— Espere um pouco! — ele me interrompeu. — Você disse John?

— Ah, sim. Eu não contei? — tentei disfarçar, fazer com que ele não seguisse por este caminho, mas não deu certo.

Droga! Por que fui falar que John estava com meus pais? Não que eu fosse mentir, mas... era algo para revelar depois que conseguisse contar sobre a gravidez, depois que ele ficasse emocionado e me jurasse o seu amor eterno, sei lá, essas coisas que acontecem nos romances e que tudo se resolve no final. Era para ser assim, mágico, especial... e eu estraguei mais uma vez aquela chance.

— Douglas, eu...

— Só um instante, Cléo! Seus pais passaram o dia com seu ex-noivo? E você?

— Eu? Não! Eu fui ficar com a Jessye. O quê? Acha mesmo que eu iria passear ao lado do John?

— De verdade? — desafiou. — Não sei mais o que esperar.

Parei sem conseguir arquitetar uma resposta adequada. O que significava aquilo? Como Douglas podia me cobrar com tanta ênfase quando ainda acreditava esconder de mim os motivos que o levaram a se casar comigo? Será que não conseguia ter um pouco de empatia, uma vez que sabia como era estar do outro lado? Será que não enxergava que também sustentava uma mentira e, nem mesmo depois de seis meses ao meu lado, entendeu a necessidade de contar a verdade?

Desencantada, virei para a frente, decidida a ignorá-lo, e foi neste momento que percebi que meu pai estava mais do que atento às nossas atitudes. Não era possível que eu não podia ter um minuto só meu para gritar, xingar, chorar ou até mesmo ruminar meus problemas.

— Vou comprar cerveja — Douglas anunciou de pé, me deixando sozinha como se precisasse manter distância de mim.

Suspirei, derrotada. Se havia ainda alguma chance de contar a Douglas sobre a gravidez antes de meus pais irem embora, eu não conseguia encontrar essa oportunidade. No dia seguinte seria o Dia dos Namorados no Brasil, e todos os meus planos para esse dia foram cancelados com todas as mudanças ocorridas.

Era pedir demais? Sonhei e planejei um jantar romântico, algumas declarações, entregar as alianças que tanto fiz para conseguir e marcar aquele casamento como acontecia em meu país. Lógico que terminaríamos a noite do nosso jeito. Mas então meus pais apareceram, a mentira precisava ser revelada, e eu estava grávida.

Como minha vida podia mudar tanto em tão pouco tempo?

Gemi, desgostosa, pensando no quanto ainda conseguiria suportar, e percebi que não muito. Eu não queria mais a mentira, nem as minhas nem as dele. Chegava a hora de resolvermos todas as nossas pendências.

Desolada, restava-me apenas escrever.

Então chega o momento em que de nada adianta chorar, gritar, espernear, pedir para voltar no tempo nem optar por este caminho, mesmo com todas as tentações que o deixam muito mais encantador. Chega o momento em que você sabe que ou permite que a verdade prevaleça ou perde aquilo por que mais prezou. É a hora do embate.

Voltamos para casa em silêncio. Minha mãe dormiu, esgotada, encostada no ombro do meu pai, enquanto Douglas nos levava no seu carro. Meu pai fingia gostar da música baixa que tocava, uma que

Douglas brincou de gravar em seu estúdio, sem saber que quem cantava era o meu marido.

A voz dele preenchia o ambiente pequeno, melodiosa, cheia de paixão. Foi horrível constatar que aquele calor e emoção, aquele amor que ele cantava e declarava, estava restrito à canção, pois para mim não havia sequer uma palavra. O silêncio chegava a ser constrangedor.

Pesava sobre mim a necessidade de contar a Douglas a minha... a nossa situação. Sufocava mais não ter revelado ao meu marido sobre a minha gravidez do que ter escondido dos meus pais o casamento louco no qual embarquei com tudo.

Por isso, quando chegamos em casa e minha mãe cambaleou para fora do carro com meu pai apoiando-a, tomei coragem e avisei que ficaria mais um pouco. Douglas deixou clara a sua insatisfação. Não com palavras, mas com gestos que não deixavam dúvidas a respeito disso. Seus lábios comprimidos um no outro, a mão no bolso da calça e a respiração presa serviam de indícios.

— Douglas... Precisamos conversar.

— Sabe o que eu acho? — ele me interrompeu, cheio de rancor. — A situação saiu de controle.

Recuei de imediato. Sabia que as acusações começariam e que não havia como me defender, uma vez que eu era mesmo a culpada de tudo.

— Douglas...

— Você não tem mais como manter essa farsa, Cléo. A tendência é piorar até que se encontre em um beco sem saída.

— Eu já estou em um beco sem saída! Como acha que estou me sentindo, mentindo por tanto tempo para os meus pais?

— E para mim. Não esqueça — acusou.

Estreitei os olhos enquanto minhas veias aqueciam com a raiva. Então fechei as mãos em punho, me obrigando a ignorar.

— É melhor eu ir. Está quase na hora e...

— Hora? Hora de quê? Que compromisso tem assim tão tarde? — questionei com toda a minha apreensão.

As coisas já não estavam boas entre a gente, e de repente Douglas surgia com um compromisso noturno, depois de ter me dito tudo aquilo.

— Você esqueceu? Que ótimo! — Ele se afastou, inconformado.

— Esqueci o quê?

— A inauguração da boate do Bill, Cléo! Avisei sobre esta data há semanas!

Que droga! Como pude me esquecer da inauguração da nova boate do Bill? Droga! Droga! Droga!

— Você não vai, não é? — Sua pergunta era o mesmo que uma acusação afiada e direta.

Fiz uma careta de desagrado.

— Não posso! Desculpe! — sussurrei, abatida. Douglas não me perdoaria por furar aquele compromisso.

— Que ótimo! — ele disse, me dando as costas.

Uma confusão de sentimentos tomou conta de mim. Minha cabeça parecia ter entrado em guerra contra mim mesma. Ela dizia que eu não podia estar em uma situação pior, que a culpa era minha e que, se eu não fosse tão egoísta, nada disso estaria acontecendo.

Egoísta? Eu? Putz! De verdade? Minha cabeça só podia estar com algum problema. Não havia alguém mais altruísta do que eu. Mesmo com toda a confusão que havia feito. Mesmo mentindo para todo mundo. Eu era, sim, uma boa garota!

Além do mais, não fui eu que aceitei prosseguir com Douglas mesmo depois de descobrir toda a sua armação? E não perdoei com muita facilidade as minhas amigas? E ainda...

— Cléo?

Fui puxada para a realidade com força total. Minha cabeça girou, me deixando confusa.

— Vejo você amanhã.

— Espere! — quase gritei.

Ele olhou para os lados, verificando se chamávamos a atenção das pessoas que ainda passavam pela rua. Precisei me recompor.

— Você vai?

— Claro!

— Para uma boate?

Douglas me encarou daquele jeito que me diminuía a uma garota birrenta e infantil. Suas mãos foram para os bolsos da sua calça e os lábios se comprimiam como se precisasse se esforçar para não dizer nada ruim.

— Ok! — Fechei os olhos, organizando as ideias. — É a inauguração da boate do Bill, e o compromisso já estava agendado há bastante tempo, mas não esperávamos por toda essa confusão.

— De fato.

— Então...

— Não esperávamos porque você escondeu dos seus pais sobre o nosso casamento. Escondeu de mim que estava escondendo deles.

— Isso ficou confuso.

— Você entendeu! — rebateu, sem paciência. — Olha, você pode vir comigo ou me encontrar na boate, mas não posso deixar de comparecer.

— E como vou fazer isso? Eles vão querer ir comigo.

— Leve-os então. Com certeza não é um ambiente com que estão habituados, mas...

— Enlouqueceu? Se eu colocar meus pais em contato com nossos amigos, eles vão descobrir toda a mentira!

— De que forma? Eles nem compreendem o nosso idioma.

— Mesmo assim!

Dei um passo para trás, tentando encontrar uma solução para aquele problema. Levar meus pais para a boate não seria apenas um risco. Seria meio esquisito, não? Além do mais, o que eles fariam ali, no meio de luzes piscantes e música eletrônica alta, com pessoas bebendo e fumando...

— Cléo?

Estremeci com a sua voz tão perto. Virei, e Douglas estava bem atrás de mim, o que me fez gemer de desgosto. Eu queria esconder meu rosto em seu peito e me sentir protegida em seus braços. Queria poder beijar seus lábios, ouvir suas brincadeiras bobas, rir de forma leve e me permitir ser amada por aquele homem incrível. No entanto, o que eu tinha era um olhar duro e questionador.

— Ah, Douglas!

Minha explanação suavizou um pouco as suas feições. Eu podia ver pelo cair dos seus ombros, pela maneira mais branda como seus olhos me buscavam, pela maneira protetora como seus braços se postavam, prontos para me abraçar, que ele queria ceder e acalentar. Entretanto, Douglas sabia que não suportaria tanto, que ceder seria o mesmo que me deixar impune. E a verdade era que eu já tinha mesmo passado de todos os limites.

— Desculpe! — sussurrei. — Sou uma esposa horrível!

— Não, não é! — Sua voz menos carregada de acusação foi um acalento para mim.

— Claro que sou. Olha só no que nos meti.

Ele suspirou, cansado.

— Tem como resolver, Cléo! Podemos fazer isso agora mesmo. Nós dois. Juntos.

Encarando seus olhos, eu pensava que era possível, que nenhum problema seria capaz de destruir o nosso amor, a nossa união. Douglas fazia com que tudo parecesse simples, fácil e lógico. Mas a verdade era que não seria nada fácil. Gemi, lamentando ser tão covarde.

Entrar em meu apartamento com Douglas a tiracolo e contar aos meus pais que estávamos casados seria uma confusão sem fim. Principalmente depois de eles passarem uma tarde inteira com John, de eu ter mais uma vez estragado a chance de se encantarem por Douglas. Como conseguiria contar a verdade quando meus pais deixavam claro que John era uma pessoa melhor para mim e que desejavam que o nosso noivado fosse restabelecido?

Ok! Aos vinte e cinco anos, independente e madura, a preferência dos meus pais quanto às minhas escolhas amorosas não deveria contar. E de fato não contava. Douglas era a minha decisão e não mudaria nem mesmo se minha mãe tivesse um colapso nervoso, e meu pai, um infarto.

A questão não era essa. Depois de sustentar aquela mentira, de ter John tão próximo outra vez e de ver meus pais ansiosos pelo nosso retorno, eu queria dar a Douglas a chance de ser tão querido quanto qualquer outra opção dos meus pais. Queria que eles enxergassem o homem que ele era, que meu marido pudesse saber que tinha a aprovação dos sogros dele.

E essa ideia podia até ser infantil, sem lógica ou sem importância, mas era o que me fazia, cada vez mais, me agarrar à mentira.

— Desculpe, mas ainda não posso.

Douglas se afastou. A frustração nítida em cada gesto. Doeu em mim.

— Douglas, me escute.

— É só o que tenho feito — resmungou. — Hoje não, Cléo. Vejo você amanhã.

— Espere... eu...

— Até amanhã.

Ele entrou no carro e foi embora. Mais uma vez.
Eu era mesmo muito idiota!

Desci do táxi e dei de cara com uma multidão na porta do pequeno espaço que dava acesso à nova boate do Bill. A inauguração seria privada, apenas para convidados, dentre os quais artistas que ajudariam a compor o nome da casa. A grande maioria das pessoas que estavam lá fazia parte do rol do Douglas e aceitaram o convite como um favor ao amigo.

Conferi minha roupa: um vestido não muito justo e na altura adequada para alguém que não gostava muito de se exibir, mas que sabia que, em ambientes como aquele, contava muito a maneira de se apresentar. Ainda assim, não consegui deixar de me comparar com as garotas frenéticas separadas da entrada por seguranças imensos e cordões de isolamento e pensar em como seria quando minha barriga estivesse tão grande que eu não conseguiria mais acompanhar meu marido naqueles compromissos. Decerto, aquele vestido demoraria muito para caber em mim outra vez. E, quando acontecesse, idas a boates não seriam mais uma constante possível. Confesso que aquele frio em meu estômago anulava todo o brilho do encanto de se descobrir grávida e me vi pensando se não seria melhor que não passasse de um engano. Então, surgindo do nada, a imagem de um Douglas carregando um lindo bebê sorridente, seus olhos amorosos contemplando nosso filho, aquela cena típica de propaganda de produtos infantis em que o pai adormece com o filho no colo, me fez ficar com o peito inflado de tanta emoção.

Deus! Eu só podia estar maluca!

Dei o primeiro passo, me equilibrando na calçada instável com meus saltos altíssimos e que valorizavam minhas pernas, mas parei sem conseguir avançar.

Duas sensações me atormentavam. Primeiro: menti outra vez para os meus pais, fingindo ter ido dormir para, então, escapar de casa como uma filha adolescente rebelde. E eu me odiava por estar agindo assim. Quando conseguiria resgatar a minha dignidade e maturidade?

E o segundo ponto, tão imaturo quanto o primeiro, era o medo de chegar sem avisar e encontrar o que não queria encarar. É lógico que meu medo era infundado, ou seria antes de toda aquela confusão se iniciar.

Douglas nunca me deu motivos para desconfiar, porém, diante de situações tão conflitantes, eu já não sabia mais o que esperar.

Parte daquela sensação era por causa da culpa. Não que eu quisesse justificar qualquer vacilo do meu marido, mas a culpa era tão grande e pesada que eu me castigava com argumentos como "se ele encontrar outra pessoa, vai ser bem merecido" e "também, o que você estava pensando? Que aprontaria uma confusão dessas e teria seu marido sentadinho aguardando a hora de voltar para casa?". Ao mesmo tempo, respostas desaforadas gritavam em minha cabeça, dizendo: "Não podemos falar de mentiras sem condená-lo por ter dado o primeiro passo" e "Olha só quem está cobrando lealdade e fidelidade. Aquele que foi capaz de mentir, me iludir e enganar só para ficar comigo".

A verdade era que nenhum daqueles pensamentos loucos estava me ajudando. Quanto mais eu tentava organizá-los, encaixar uma lógica entre eles, mais confusa e enjoada eu ficava. Eu queria, só por uma noite, esvaziar minha mente e não ser capaz de pensar em nada. Nada.

E, já que estava ali, mesmo que escondida dos meus pais e sem comunicar ao meu marido, teria que ir até o final. Munida de coragem, fui até a garota que estava na frente com uma prancheta de escritório na mão, conferindo os nomes na lista, e aguardei para que minha entrada fosse liberada.

E foi assim que tudo começou a desandar. Aconteceu mais ou menos ao mesmo tempo. Primeiro ouvi a voz de Jess, mesmo com as conversas altas que aconteciam do lado de fora. Ela saiu com Michael no exato momento em que a garota encontrava o meu nome na lista. Michael foi o primeiro a me ver e sorriu surpreso, mas, quando levantei a mão para cumprimentá-lo, foi a vez de a segunda voz ganhar a minha atenção.

— Cléo?

Estremeci no mesmo instante, chocada com as brincadeiras do destino, e aborrecida por ele resolver pregar aquela peça justo quando eu só precisava de paz. Olhei para trás com certa relutância, e vi John, dois passos atrás de mim, em um grupo de amigos.

Ainda sem conseguir uma reação adequada, e com a mão estendida, pois pretendia cumprimentar o amigo do meu marido, acenei para John sem saber ao certo por que fazia aquilo. Quando me dei conta, tentei dar as costas e sumir no meio da multidão, indo ao encontro de

Douglas o quanto antes, mas fui impedida pelo meu ex-noivo, que segurou minha mão e me puxou para perto.

Eu não conseguia entender como fiquei seis meses longe da sua presença e então, como se São Francisco fosse do tamanho de uma ilha muito pequena, começamos a nos encontrar em todos os lugares. Aquilo não podia ser coincidência, entretanto, diante dos fatos, não havia como acusar John de perseguição quando nem eu sabia que estaria ali naquela noite.

No entanto, como o destino estava mesmo de sacanagem comigo, não podia perder a oportunidade de piorar ainda mais a situação. Quando me vi ser puxada na direção de John, olhei para trás, decidida a pedir ajuda a Jess, e foi quando o vi. Douglas abriu a porta e saiu. Seus olhos, como num passe de mágica, indo para os meus e percebendo toda a situação.

John me abraçou com carinho, falando algo como "o que faz aqui sozinha?" e "onde estão os seus pais?", enquanto meus olhos não desgrudavam do meu marido e minha expressão não conseguia passar nada diferente de desespero.

Tá legal! Se eu fosse uma garota normal, dessas que nenhum anjo brincalhão escolheria para bagunçar a vida, nada daquilo teria acontecido. Pela lógica, Douglas não deveria ter me enxergado logo de cara. Eu teria tempo suficiente para empurrar John e caminhar segura até o meu marido, surpreendendo-o. Em situações normais, Douglas se alegraria com a minha presença, me beijaria e entraria na boate abraçado comigo sem sequer perceber a presença do meu ex-noivo.

Entretanto, a verdade era que eu era a bola da vez da brincadeira entre o destino, o anjo brincalhão e todos os deuses. Por isso, John estava naquela fila, contrariando toda a lógica da vida, e pelo mesmo motivo Douglas saiu da boate e viu quando meu ex-noivo me abraçou sussurrando em meu ouvido como se ainda estivéssemos juntos.

Não. Não podia ficar pior.

Aliás, não podia se eu fosse uma garota normal, nada judiada pelos deuses da trolagem. Mas, como eu era a bola da vez...

— Meu Deus, você está linda! — John disse em meu ouvido.

— John, para! — tentei empurrá-lo sem conseguir força o suficiente. — John, me largue! — Falei mais alto, forçando meus braços contra o seu peito.

— Onde está seu marido? — Ele persistiu, me levando ao extremo da raiva.

— Bem aqui, seu imbecil!

Foi tão rápido que não consegui sequer piscar. Douglas acertou John com um soco, fui puxada para trás enquanto dois rapazes, que eu não fazia ideia de quem eram, avançavam contra o meu marido. No mesmo segundo, como se nenhuma lei da física existisse, vi Michael acertar um dos rapazes e, em pouco tempo, Bill e Juan já estavam na briga, arrumando uma confusão sem tamanho.

Era isso. A brincadeira dos deuses arruinou a inauguração da boate do Bill e abriu um rasgo em meu casamento.

Parados no espaço ao fundo da boate, destinado a carga e descarga, todos nós tentávamos acalmar os ânimos. Jessye me segurava, certificando-se de que nada tivesse me atingido. Eu, abalada, nem me importava com a informação da gravidez, só acompanhava Douglas com o olhar enquanto ele andava de um lado para o outro, cheio de fúria.

Antes que a polícia chegasse, os seguranças da boate conseguiram retirar daquela confusão Douglas e os amigos, levando-os para o local onde estávamos. Qual fim John levou eu não sabia dizer. Não era a minha preocupação.

— Vamos nos acalmar, porque a noite ainda está em seu curso. — Michael tentava acalmar a todos, me olhando de uma forma diferente, mais preocupado do que deveria. — Alguém precisa de um médico?

— Não! — Bill falou, achando tudo aquilo divertido. — Precisamos de cerveja.

— Juan? — Michael continuou.

— Eu estou bem.

— Douglas? — Meu marido não respondeu, mantendo o seu passo naquela caminhada furiosa.

Meu coração parecia pesar uma tonelada enquanto meus olhos conferiam as consequências daquela briga. Um pequeno corte manchava a boca de sangue, os dedos se abriam e fechavam como se estivessem machucados, e eu podia ver um pequeno hematoma na altura da sua bochecha.

— Douglas? — Michael repetiu, entrando na frente do meu marido.

— Eu estou... — Puxou o ar com força, a fúria nítida. — Muito puto!

— Eu sei, irmão! — Michael colocou uma mão no peito de Douglas, impedindo-o de continuar andando. — Mas aqueles caras levaram a pior. Não há mais nada para ser feito. Vamos deixar passar e voltar para a festa.

— Vamos encher a cara! — Bill disse, animado, fazendo Jessye rir, mais interessada do que deveria.

— Vão na frente. Eu preciso...

Seus olhos se voltaram para mim pela primeira vez desde que começou a briga. Nossos amigos entenderam o que ele queria e então, um a um, começaram a deixar o ambiente. Em pouco tempo ficamos sozinhos.

— Douglas, eu...

— Precisamos conversar — ele disse com pressa.

— Sim! — Soltei o ar, um pouco mais aliviada. Pelo menos ele queria falar comigo e não se fechar em uma bolha de raiva e rancor. — Eu quero...

— Você quer coisas demais! — ele me interrompeu abruptamente.

Com o choque pelas suas palavras, emudeci, surpresa. Aquele era o mesmo Douglas que me acusou no hospital, no dia do nosso acidente, ao voltarmos de Las Vegas. Também era o mesmo que aparecia quando ele precisava se afastar de mim, não permitindo que aquela história fosse além do que deveria. Senti o aperto no peito e as lágrimas deixar meus olhos úmidos.

— E já passou de todos os limites, Cléo.

— O que quer dizer com isso?

— Que não dá mais!

— O quê? — arfei. — Você está terminando comigo? Digo... você quer o divórcio?

— Teoricamente, se formos direcionar o nosso relacionamento para o nível de envolvimento dos seus pais, eu sou só o namorado que a impede de reatar o noivado com John.

— Douglas? Isso é tão...

— Absurdo? Exato. É mesmo absurdo seus pais não saberem que você é uma mulher casada. Não é justo!

— Não é justo com ninguém.

— Pois é! Se você não fosse tão infantil, John não se acharia no direito de agarrar você daquela forma e... — Ele se afastou um pouco, se calando.

A tensão parecia crispar no ar. Encarei Douglas, não conseguindo acreditar naquilo. Como ele podia? Como ousava me acusar daquela forma? Como conseguia se encher de coragem e apontar o dedo para mim quando sabia das suas próprias mentiras? A raiva começou a se avolumar.

Se havia uma verdade no universo, era a de que uma mulher grávida é uma arma nuclear. Era como se minha TPM se juntasse aos meus dias de cólica menstrual e a mistura fosse multiplicada por dez. Antes que me desse conta, havia um vulcão em erupção dentro de mim.

— Pois ouça bem o que vou dizer, Douglas Foster! Quem é você para me acusar? Como consegue olhar na minha cara como se fosse o ser mais santo e justo que caminha sobre a Terra?

Pela cara de Douglas e pela maneira como seus ombros caíram, entendi que não precisaria de mais explicações. Ele captou o meu recado, se dando conta de que a casa tinha caído. Mesmo assim, continuei, em parte porque sufocava com as palavras, mas havia em mim uma grande porcentagem de loucura que ansiava por causar em meu marido a mesma dor que ele me infringia ao sugerir a nossa separação, usando como argumento uma mentira que ele construiu. Porque tudo se iniciou com Douglas, eu apenas segui o barco.

— Cléo...

— O que pensa que está fazendo me cobrando a verdade quando é você o detentor da grande mentira? Ou será que esqueceu que arquitetou com Jessye para me separar do John e me envolveu em um casamento de mentira, me enlouquecendo, seduzindo até que não houvesse nenhuma alternativa?

— Porra, Cléo! — Soltou de uma vez, como se minhas palavras tivessem o peso de um soco no estômago. — Quem contou isso para você?

— Pouco importa quem contou. Você mentiu, me enganou e mesmo assim estou aqui, casada com você, perdoando você, entendendo os seus motivos mesmo eles sendo imperdoáveis, e o que recebo em troca?

Uma ameaça de separação. Um soberbo, cretino, mentiroso que se acha no direito de ameaçar, exigindo de mim uma postura contrária à sua.

A última frase saiu com raiva, mágoa, arrancando de mim algumas lágrimas. Então parei para respirar, me dando conta do quanto aquela história pesava para mim, mais até do que imaginei ser possível. Sempre acreditei que não contar a Douglas que sabia de toda a verdade seria a sua maior punição, que ele teria de conviver com a culpa todas as vezes em que me olhasse.

No entanto, ao deixar que aquela história viesse à tona, me deu outras projeções, e a ideia do que ele fez era, de fato, imperdoável, e martelou em mim com tanta força que desabei, espantada e surpresa.

— Você sustentou uma mentira por tanto tempo! — sussurrei, magoada. — Não pode exigir que eu valorize algo que sempre foi falso.

— Não foi falso! — ele tentou amenizar, se aproximando.

Recuei, indignada.

— Pelo amor de Deus, não faça isso!

— Isso o quê? Dizer ao homem que me impede de reatar com o meu ex-noivo que não dá mais?

— Porra, Cléo, não faça isso!

— Você já fez.

Dei as costas a Douglas e entrei na boate, mesmo com plena consciência de que ele poderia me seguir, ir até o nosso apartamento e me impedir de abandonar a nossa conversa sem um final adequado.

Não tenho certeza se cheguei a desejar que fizesse isso, que me impedisse de deixá-lo ali, que me seguisse e invadisse a nossa casa, abrindo a porta com a sua chave e jogando por terra a mentira que eu sustentava para os meus pais. Mas lamentei o fato de ele ter desaparecido antes que eu conseguisse chegar na entrada da boate e chamar um táxi.

CAPÍTULO 07

UM DIA ANTES DO DIA DOS NAMORADOS

TARDE

Porém devo confessar, não apenas como alguém que vivenciou tal situação, mas também como quem se fez de espectador do desespero de outrem. O processo da verdade é doloroso, triste, contudo é, certamente, libertador.

O ar frio batia em meu rosto, me deixando grata. O enjoo não havia passado, e o fato de estarmos em um catamarã, na Baía de São Francisco, em um passeio turístico, inevitavelmente jogados pelo balanço das águas, em nada me ajudava.

Para piorar a minha indisposição, meu celular não parou de vibrar com ligações de Douglas e de John, e minha caixa de mensagens ficou repleta, até que eu não aguentei mais e desliguei.

Enquanto todos contemplavam, extasiados, o pôr do sol fazendo cenário com a Ponte Golden Gate, eu não conseguia me concentrar em nada diferente de estar há quase um dia sem falar com o meu marido e me torturava com a possibilidade de receber outra vez a carta do escritório de advocacia do amigo dele, me convocando para mais um divórcio – desta vez, para valer.

Passei a mão na barriga, lamentando tudo o que aconteceu. Meus pais não desconfiaram de nada, mas estranharam meus olhos inchados de tanto chorar e me encheram de perguntas, das quais me esquivei com determinação.

A parte ruim foi precisar acompanhá-los pela cidade como se nada tivesse acontecido. Eu alternava entre a fúria pelo que Douglas me disse, o alívio por poder ter revelado que já sabia de tudo e a tristeza pela distância que precisei impor.

Para finalizar a lamúria, o passeio, que deveria ser encantador e que roubava suspiros da minha mãe e tirava a atenção do meu pai sobre mim, foi ofuscado por causa da minha condição, me obrigando a passar boa parte do tempo no banheiro, vomitando. Serviu de justificativa a ideia de que as pessoas enjoavam em barcos, o que salvou a minha pele por um tempo.

No entanto, contemplando o sol no horizonte, descendo aos poucos, com tempo de sobra para pensar, me vi cogitando contar toda a verdade ali, sem a presença de ninguém, sem o medo que me incapacitou por todos aqueles dias. Seria simples, como todos acreditavam, e difícil, como eu sabia que não deixaria de ser.

Olhei para os dois, abraçados, admirando o cenário, com aqueles sorrisos maravilhados, abraçados como dois namorados apaixonados, e me vi desistir. A desculpa da vez era não querer estragar o momento deles, fazer aquela satisfação se perder, jogar por água abaixo uma alegria, porque eu me culparia depois.

Suspirei e me resignei. Já havia procrastinado tanto... Então, por que não esperar um pouco mais? Só um pouco, agora por eles, e não mais por mim.

Fiquei encarando o horizonte, me sentindo péssima. Muitos casais no catamarã, o amor parecendo flutuar no ar, as pessoas felizes, e eu sozinha, triste, enjoada, ruminando as minhas culpas naquela confusão.

E confesso que poderia ter resolvido logo aquele problema com o meu marido, bastava atender à sua ligação. Mesmo assim, eu não quis. Precisava daquele tempo, daquele espaço, digerir, pensar incansáveis vezes, acertar os pontos dentro de mim, aceitar os meus erros, reconhecer os dele, perdoar, me perdoar... era o meu momento para organizar a bagunça dentro de mim.

— Cléo? — Meu pai passou o braço sobre meus ombros, me pegando de surpresa. — Sente-se melhor?

— Um pouco.

— Que bom, porque queremos jantar em algum lugar que fique marcado na memória para esta viagem.

— Hum! Vou pensar em algo. O que pretende?

— Não sei. Sua mãe está pensando em frutos do mar.

— Certo. — Mas eu não sabia como conseguiria encarar o cheiro da comida depois de ter o estômago virado do avesso.

— E Douglas? — ele perguntou.

Levei meus olhos para a água, que batia com calma na embarcação, evitando permitir que meu pai lesse qualquer informação que minhas feições acusassem.

— Ele vai nos encontrar?

— Não. Tirei esse dia só para vocês.

Esperei que meu pai fizesse alguma piadinha, que dissesse que preferia assim ou até mesmo avisasse que, então, convidaria John. Encrespada, me preparei para rebater, mas nada disso aconteceu. Meu pai aguardou que a informação se dissolvesse e só então voltou a falar.

— Vocês estão com problemas, não é mesmo?

Suspirei, aborrecida.

— Pai, aqui nos Estados Unidos os pais não têm o direito de se meter na vida dos filhos após a maioridade.

— Até onde eu lembro, somos brasileiros — rebateu. — E não estou me metendo, estou conversando com a minha filha. Sei que Douglas faz parte da sua vida mais do que sua mãe e eu.

— Não é isso...

— Tem roupas dele pela casa. Sua mãe encontrou meias e cuecas misturadas na roupa suja e, desde o dia em que chegamos, tem um par de chinelos dois números maior do que os meus, embaixo do sofá.

— Ah! — gemi, desgostosa.

— Não estou me metendo em sua vida, Cléo. Nada disso é o motivo desta conversa. Você é adulta e... por Deus! Não quero mesmo ficar contra as suas escolhas. Quer dizer... o cara não fez nada que me preocupe, então...

— Eu já entendi.

— Só me preocupa saber que você não está nada bem por causa dos problemas que vem tendo com ele. Foi por causa do John? Foi por causa da gente?

— Pai... — respirei fundo e o encarei. — Douglas está aborrecido comigo, mas não é por nada disso. Eu...

Encarei meu pai e vi a preocupação em seus olhos, deixando em segundo plano a felicidade que antes demonstrava sentir.

— Eu fiz uma coisa ruim. Indesculpável. E não quero falar *agora* — ressaltei. — O que aconteceu foi horrível, mas Douglas é tão...

Busquei as palavras e acabei me emocionando ao pensar em tudo o que Douglas era para mim e que, naquele momento, eu seguia com tantos segredos que me sufocavam.

— Douglas é incrível! Ele tem sido paciente, quer dizer... mais do que eu mereço.

— É tão sério assim?

— Não se preocupe com isso. Não é nada que eu não possa resolver.

— E por que não resolve logo?

— Vou resolver, pai. Prometo!

— Eu confio em você. — Seus braços se estreitaram em meus ombros. — Mas, se precisar de alguém que saiba a maneira certa de acertar alguns queixos, pode contar comigo.

Acabei rindo e relaxando um pouco. Deixei que meus pais me distraíssem, não enjoei no restaurante especializado em frutos do mar, com uma imagem linda da Baía de São Francisco, e só voltei a pensar em Douglas e em nossos problemas quando cheguei em casa e fui atingida pelas lembranças.

Eu sentia a falta dele como nunca fui capaz de sentir a de John. E este sentimento foi o que me fez ter a certeza de que aquela mentira acabaria no dia seguinte, com Douglas ou não. Meus pais conheceriam a verdade.

CAPÍTULO 08

DIA DOS NAMORADOS

MANHÃ

NAQUELA MANHÃ, tudo me incomodava. O sol fraco que se apresentou e que, em outras circunstâncias, eu acharia perfeito para um Dia dos Namorados brasileiro, o fato de precisar sair de casa para encontrar minhas amigas, mesmo com os olhos inchados da noite mal dormida e de choro que tive, e os olhares compreensivos dos meus pais na cozinha, certos de que de fato havia um problema em meu relacionamento.

Além disso, havia a minha ida à joalheria para a retirada das alianças, algo que eu não poderia adiar mais. Nem sei descrever o que senti ao receber o pacotinho que encomendei com tantos planos e que agora, talvez, não servisse para mais nada. Ok! Eu sei que a briga com Douglas poderia não ser nada, mas não podia deixar encoberta a possibilidade de ser tudo.

Era o nosso divisor de águas. Depois de deixar claro que sabia sobre a mentira que ele e Jessye armaram para mim, não havia mais como não cobrar dele aquela atitude. Douglas me amava, não havia dúvida, e nós dois fomos vítimas do destino, que, em uma brincadeira, fez com que nos apaixonássemos quando ele deveria ser apenas o cara que me fez abrir os olhos em relação a John.

Eu também o amava, e nada mudaria esta realidade. Nem mesmo se nos separássemos, desta vez de verdade, ou se eu tivesse de ter meu filho sozinha. Douglas seria sempre o homem que eu amaria para sempre, o que mudou a minha vida e deu um novo rumo aos meus sonhos.

E tudo aconteceu sem que eu tivesse a chance de lhe contar sobre a gravidez. Depois da briga, já não sabia mais se deveria fazer tanta questão de contar, de forma tão urgente, afinal eu não queria que Douglas tentasse resolver nossos problemas só por causa da minha gestação.

Não. Nós tínhamos o nosso amor como motivo para estarmos juntos, porém contra este pesavam as mentiras, o plano dele com a Jessye e o fato de eu nunca ter contado aos meus pais sobre a existência dele. E eram erros demais para serem superados por causa de uma gravidez.

Eu queria falar com ele e, ao mesmo tempo, não queria. Sabia que era horrível punir Douglas por algo que eu havia perdoado há muito tempo. Em contrapartida, a fúria por não receber dele a mesma generosidade com que tratei a situação quando descobri a sua mentira me impedia de avançar e resolver aquela briga.

Eu não queria a separação. Claro que não! Mas também não queria fechar os olhos e esquecer, deixar que meu amor por Douglas justificasse todas as atitudes dele. Não era justo! Douglas tinha obrigação de, mesmo contrariado, entender o meu lado, assim como fiz durante todos os seis meses que passamos juntos. Ele poderia me cobrar uma atitude, tinha todo o direito de querer aquela confusão resolvida, porém nunca de colocar o nosso relacionamento em xeque como se entre nós dois a única que sustentava uma mentira fosse eu.

Então, mesmo sofrendo, mesmo com medo e sentindo uma falta miserável dele, era uma questão de honra deixar Douglas sofrer um tempo para refletir sobre a bobagem que fez.

Limpei a lágrima que escorreu pelo meu rosto, me obrigando a não sofrer por ele, a não continuar com a ideia de que o erro era meu e que o afastar me machucaria na mesma medida.

Apressei o passo. Deixei meus pais em casa, descansando, para ter o meu encontro semanal com as meninas. Na verdade, eu nem queria ir. Não estava no clima para aquele encontro e detestava a ideia de estragar a manhã delas com os meus problemas. No entanto, dois pontos me convenceram a sair: o primeiro era que ficar em casa ou ao lado dos meus pais precisando segurar minha angústia não seria saudável; o segundo, e principal, foi a mensagem que recebi naquela manhã.

Juro que, quando vi a mensagem de John me dizendo que precisava conversar comigo sobre a briga com Douglas e o que eu escondia dos meus pais, tive vontade de ser bem desaforada, dizer umas verdades e bloqueá-lo. Todavia, tornava-se muito arriscado ignorá-lo diante dos fatos que me impediam de deixar claro o quanto o queria longe de mim.

Aborrecida, saí mais cedo, segurando o enjoo matinal, para encontrá-lo antes do horário combinado com as meninas. Por isso, a cada passo, a minha raiva só aumentava. Precisei abraçar meu corpo, não para me proteger, e sim para me impedir de avançar sobre John e machucá-lo. Cheguei à praça, a do outro lado da rua onde ficava o café onde eu costumava encontrar as meninas, e logo o avistei.

John esperava por mim em um banco atrás de uma árvore, o que amenizou o meu estado de espírito. Pelo menos não seríamos vistos com facilidade.

— Estou aqui. O que quer? — Ele se levantou com pressa, meio sem jeito, as mãos sem encontrar onde parar.

— Cléo? — Seus olhos pareceram brilhar ao me ver.

Ainda havia um hematoma roxo em seu rosto, próximo ao olho direito, o que me fez pensar em Douglas, em nossa briga e na participação de John naquela confusão toda.

— Como vai?

— Chega dessa conversa enrolada. Não estou aqui para apreciar o brilho dos seus olhos. O que você quer?

John levantou os braços em resposta, demonstrando não esperar aquela reação da minha parte.

— Por que essa raiva de mim? Eu só queria ver você, ter a certeza de que nada a atingiu, que não estava machucada. Você não me atendeu! Eu precisava saber como está a sua situação em casa. Seus pais ainda não sabem sobre o casamento, não é mesmo? O que está acontecendo, Cléo? Posso ajudar você de alguma forma?

Ele aproveitou a minha falta de reação diante da sua postura e se aproximou com intimidade, as mãos passando ousadamente pelos meus braços.

— O que está fazendo? — Coloquei minha mão em seu peito para afastá-lo, mas John não estava disposto a me deixar tão rápido.

— Você e Douglas brigaram? As coisas não estão bem entre vocês? Foi por isso que ele reagiu tão mal à minha presença?

À medida que ele se aproximava, meu corpo sentia algumas familiaridades, como o seu perfume, por exemplo. Era o mesmo de antes. Aliás, o mesmo de sempre. John adorava aquela fragrância, fazendo-a sua marca registrada.

— Isso não é da sua conta. Se não tem nada para dizer, então...

— Cléo!

Ele estava perto demais. Tão perto que começou a mexer comigo. Não como antes, mas de uma forma estranha. Aquele perfume... fechei os olhos e respirei fundo.

— Tem certeza de que foi uma boa ideia? Aquele cara... Ele me agrediu sem motivos!

Algo de muito errado acontecia naquele momento. Respirar fundo não foi uma boa ideia, pois seu cheiro entrou com tudo em minhas narinas e me atingiu de uma forma que não deveria.

— Para, John!

Forcei para conseguir me afastar, mesmo sabendo que já estava forte demais. Não haveria como fugir daquilo. Ele me segurou com mais firmeza.

— Pense bem, Cléo! Nunca precisamos passar por isso. Eu... — Seus lábios estavam mais perto.

— John, é sério! É melhor você... — Não consegui terminar. Aquilo me atingia, e o resultado não seria bom.

— Relaxe, Cléo! — sussurrou quase nos meus lábios.

Foi demais para mim. Eu não queria que acontecesse. Estava tão perto de finalizar aquele encontro incólume, sem deixar rastros, sem precisar que John colocasse mais ideias na cabeça a meu respeito. E então ele se aproximava, seu perfume enfraquecia a minha determinação, e eu me via colocando tudo a perder.

Tentei afastar John antes, empurrá-lo com a mão, ganhar espaço e deixar o ar entrar entre nós dois para espairecer melhor a cabeça. Tentei de tudo, sem sucesso.

E foi assim que vomitei na camisa do meu ex-noivo.

Enjoada com o perfume que antes me causava apenas a ideia de reconhecimento, nervosa com a sua ousadia de estar tão próximo de mim, mesmo depois de tudo o que aconteceu entre a gente, permiti que a dignidade perdesse para a minha gravidez e vomitei em cima de John.

— Porra, Cléo! — ele gritou, se afastando.

Quando consegui me recuperar, a boca amarga e o estômago doendo, foi que vi o estrago que fiz. Sem saber o que fazer, John mantinha os braços longe da roupa. Uma enorme mancha de vômito descia pela sua camisa, sujando a calça e a ponta dos sapatos. Uma porcaria muito hilária, para dizer a verdade. Eu poderia rir se não estivesse muito constrangida.

— Mas que merda!

— Eu avisei! — falei ofegante, por causa do esforço. — Preciso ir. Fique longe de mim.

Dei as costas com a certeza de que ele não tentaria me impedir.

Entrei no café me sentindo enjoada. O cheiro forte de coisas assadas misturado ao do café passado na hora parecia embrulhar ainda mais o meu estômago. E tornava-se estranho, porque era justamente o que eu mais amava naquele lugar escolhido para acolher o nosso encontro semanal.

Fui direto para o banheiro, lavei a boca, molhei um pouco o rosto e o pescoço e, enfim, me senti preparada para encarar as minhas amigas.

— Cléo! — Sandy falou, se levantando para me abraçar. — Como você está?

A maneira como ela falou deixou claro que Jessye não conseguiu segurar a língua na boca. Olhei para a minha amiga, que fingiu tomar um gole do seu café e admirar a paisagem do lado de fora, que era nada menos do que um monte de pessoas andando apressadas e a praça feia onde eu vomitei na camisa do John. Eu me resolveria com ela depois.

— Estou ótima! E você? — Sandy sorriu com os olhinhos brilhantes.

Como ficar aborrecida com aquela garota? Ela era o típico gatinho perdido em uma noite de chuva olhando você como se implorasse para ser levado para casa.

— Hillary, Jessye — este último saiu um pouco mais pesado pela minha boca. Ela me olhou, fingindo surpresa, e sorriu apontando a cadeira em frente à da Sandy.

— O que vai querer? Acho que café não, certo? — Hillary perguntou, demonstrando preocupação. Ok! Jessie ultrapassou todos os limites. Eu precisava enforcá-la.

— Vou querer um suco de... tomate.

— Tomate? — as três falaram de uma vez.

— Pede com uma dose de cerveja, por favor! — continuei.

— Não existe uma dose de cerveja! — Jessye falou, alarmada. — O que está acontecendo com você?

— Nada. Só uma vontade imensa de cortar a língua de alguém. — Ela se encolheu e focou a sua atenção no café à sua frente.

— Nossa! Você hoje acordou amarga — Hillary acusou. — Isso também é coisa de grávida?

— Talvez seja coisa de amiga enganada, mas vai saber!

Hillary e Jessye trocaram um olhar cheio de culpa. Nem me importei.

— Tá legal, nós já sabemos que você descobriu tudo. A questão é: quem é a traidora? — Jessye correu o olhar entre as meninas, querendo descobrir o culpado.

Sandy se encolheu, eu revirei os olhos.

— Não importa quem contou. Isso é o mínimo diante da enormidade da mentira de vocês.

— Uma mentira que arrumou para você um marido muito mais bacana do que o John — Jessye se defendeu.

— Sim, muito melhor. Porém não podemos deixar de olhar para a possibilidade de ter dado tudo errado. Eu me apaixonei por Douglas, mas ele poderia não ter se apaixonado, e vocês só conseguiriam ter partido o meu coração mais do que John.

Vi que elas sentiram o peso da culpa. As três constrangidas demais para me encarar. Puxei o ar com força.

— Eu falei que não era uma boa ideia e... — Sandy começou a se defender, mas todas falavam ao mesmo tempo.

— Essas ideias malucas só surgem da Jessye... — Hillary disse.

— Ah, claro! Seria muito melhor ficar assistindo você sofrer e depois voltar para os braços daquele canalha e... — Jessye começou.

— Não vou ficar aqui culpando ninguém. Há seis meses sei a verdade e, mesmo assim, voltei a Las Vegas e casei outra vez com Douglas. Perdoei vocês com mais facilidade do que mereciam. Minhas amigas sorriram sem muita animação, mas com satisfação.

— Então por que brigou com Douglas? — Sandy questionou com toda a sua doçura. Mencionar a briga fez meu estômago revirar outra vez.

— Porque ele...

Pensei no motivo da briga, em tudo o que me impulsionou a falar a verdade e jogar na cara do meu marido aquela confusão. Não era justo, como dissemos no calor da discussão. Confrontar Douglas foi inevitável, mas, assim como adiei contar sobre o casamento aos meus pais, adiei ter aquela conversa com o homem que eu amava. No fundo, fomos os dois errados e estávamos permitindo que embolasse cada vez mais, quando sabíamos que não queríamos que fosse assim.

— Tenho certeza de que Jessye já contou a vocês.

— Assim também não, né? Eu só falei, sem querer, que seríamos tia. — Deu de ombros como se ter revelado aquele segredo fosse algo necessário. — E quer saber? Se eu não faço essas coisas, você não se move. Tenho certeza de que, se ninguém empurrar você, Douglas só vai saber desse filho quando você for para a maternidade, e seus pais vão embora sem saber que você se casou.

— Você não contou aos seus pais? — Sandy perguntou tão espantada que levou as mãos à boca.

— Não contei — falei na defensiva. — Pretendia contar, mas... Vocês não sabem o quanto é difícil morar em outro país e precisar contar coisas como essa por telefone. Meus pais iam... — puxei o ar com força, encarando a mesa como se ela pudesse me mostrar as palavras certas para justificar a minha falha. — Eu passei dez anos da minha vida com o John...

— Que perda de tempo! — Jessye resmungou, mas se calou depois do olhar feio que Sandy lhe deu.

— Como eu podia contar aos meus pais que terminei com John e já estava casada com outra pessoa, tipo... menos de um mês depois?

— Nós entendemos. — Sandy segurou minha mão sobre a mesa e deu dois tapinhas, me consolando. Depois olhou para as meninas para que fizessem o mesmo.

Jessye revirou os olhos.

— Eu acho que não havia por que esconder. Não era um possível casamento, um pedido, um noivado. Você casou! Isso é o mesmo que... sei lá! Dizer que a vovó subiu no telhado em vez de falar na lata que ela morreu!

— Que horrível, Jessye! — Sandy a censurou.

— Não! Jessye está certa. Eu protelei porque sou medrosa.

— Muito medrosa! — Hillary brincou. — Se não queria contar por telefone, então por que não aproveita que eles estão aqui?

Mordi os lábios. Eu era mesmo medrosa.

— Não sei. Antes era porque eu queria que fosse de outra forma, depois justifiquei com a gravidez e agora... — suspirei. — Não sei como fazer isso sem Douglas.

— Olha, Cléo, eu sei que não sou a melhor pessoa para falar sobre mentiras e segredos, mas você não deveria deixar isso acontecer — Jessye começou a falar, me pegando de surpresa. — Você e Douglas são perfeitos juntos! Existe tanto amor nesse casamento que jamais deveriam deixar que esses segredos existissem. Não há espaço para mentiras quando o sentimento é verdadeiro.

— Falou aquela que nunca passou de duas noites com alguém — Hillary pirraçou. — Apesar de ter sido a Jess a falar, eu concordo com tudo. Você e Douglas podem ter iniciado essa história de uma forma torta, mas foi real. Vocês se amam! Conte a ele que está grávida e depois aos seus pais sobre o casamento.

— Vocês têm razão!

Elas seguraram minha mão sobre a mesa, nós quatro de mãos dadas, como um pacto, emocionadas, firmando a nossa amizade.

— Sem mentiras? — Sandy sugeriu.

— Sem mentiras! — repetimos todas juntas e depois começamos a rir.

— Ah! — Hillary falou com certo receio. — Eu acho que o destino já está mexendo a sua varinha.

— O quê?

Olhei na mesma direção que ela e meu coração disparou quando entendi o motivo do seu comentário. Douglas e Juan caminhavam em nossa direção. Prendi a respiração. Era agora ou nunca.

Não foi preciso nenhuma conversa desconcertante ou minhas amigas fingirem algum compromisso de última hora. Assim que todas se deram conta da situação, se levantaram, deixando claro que era a minha chance de começar a resolver aquela confusão. E elas estavam certas.

Apesar disso, quando Douglas se sentou à minha frente, os olhos cheios de emoção, faltaram-me as palavras. Foram as horas mais difíceis da minha vida as que passei longe dele, sem saber em que pé estava o nosso relacionamento, com raiva, medo, saudade, vergonha, tudo misturado.

E ele estava ali, me olhando como se qualquer deslize meu pudesse ser perdoado, não mais me censurando, aceitando meus erros. Os olhos brilhantes de saudade, a mesma que me fez chorar durante duas noites.

Ah, Deus! Como eu amava aquele homem! E como precisava daquela conversa!

Eu não sabia como dizer, por onde começar, como resolver aquilo sem criar mais atrito na minha vida. Então respirei fundo, decidida a não perder mais nenhum momento. Estava disposta a falar de vez, uma bomba única, direta, sem pequenos cortes, mas, quando abri a boca, ele me interrompeu.

— Posso falar primeiro?

A forma calma como ele falou, somada à maneira doce como me olhava, me fez concordar sem dizer nada.

— Eu fui muito, muito, muito, muito mesmo errado com você! — Fez uma careta de desagrado e passou a encarar os dedos sobre a mesa. — Não foi correto, nem justo e, na verdade... — Passou a mão no rosto, tomando coragem. — Não sei o que dizer. Como justificar algo desse tipo?

— Não sei — sussurrei.

— Eu fui tão leviano com você, mas... Podia ter dado tudo errado, não é mesmo? Eu sabia que estava atraído ou nem toparia uma loucura como essa, mesmo assim era só uma atração por uma garota linda maltratada pelo noivo.

— Ah, Douglas! — suspirei.

— Eu errei, Cléo! Errei feio com você, principalmente ao optar por calar em vez de contar a verdade. Eu... — gemeu baixinho. — Tive medo de te perder — revelou no mesmo tom, seus olhos se voltando para mim repletos de sofrimento, de súplica.

Tentei falar outra vez e fui interrompida.

— Eu sei! Eu sei! Não justifica, e você tem toda razão. Eu...

Segurei sua mão sobre a mesa e só então ele respirou aliviado.

— Desculpe! — sussurrou.

— Eu estou grávida.

Revelei assim, de vez, sem rodeios ou me apegando a qualquer outra coisa que me impedisse de contar. Não suportava mais assistir ao desespero do meu marido, às suas tentativas de justificar o que não tinha justificativa, mas que, para mim, era fantástico!

Se naquele dia eu tivesse a chance de retroceder, não faria diferente. Quer dizer... teria ligado para meus pais ainda de Las Vegas e contado que me casei com o Elvis e que me tornei a mulher mais feliz e sortuda do mundo.

Quando minha mãe ameaçasse dar um ataque, eu lhe falaria sobre a facilidade que Douglas tinha de me fazer bem, em como eu conseguia relaxar ao lado dele, ser eu mesma, sem precisar de subterfúgios, e, quando ele segurava a minha mão, quando nossos dedos se entrelaçavam, eu me sentia segura como nunca consegui me sentir na vida.

E, quando meu pai iniciasse o seu discurso sobre confiança e imprudência, eu contaria que Douglas me resgatou, que cuidou de mim, aceitou e respeitou as minhas necessidades, que ele se casou comigo sem pensar duas vezes porque sabia que naquele momento tudo o que eu precisava era de algo sólido, seguro o suficiente para que me permitisse olhar um pouco mais para mim.

Douglas conseguia equilibrar tudo ao meu redor, só para que eu pudesse pensar em mim, em minha vida, em minha carreira. Como eu poderia ter tudo isso e não agarrar para nunca mais soltar? Como eu podia ter esse homem apaixonado e dedicado, me pedindo em casamento e dizer que precisávamos ser mais prudentes?

A resposta é que não havia como. Tudo aconteceu da forma certa, perfeita para mim. Então, naquele segundo, entendi que não pesava mais em meu coração a maneira como nos conhecemos, a mentira que ele sustentou até ali, nada mais tinha peso, porque o que cercava esses acontecimentos era muito mais grandioso e importante.

Meu marido me encarava com os olhos marejados e um sorriso tão encantador que roubava o meu chão, mas não me deixava cair. Eu flutuava. Então duas lágrimas rolaram por seu rosto e percebi que podia até flutuar, mas gravitaria sempre ao seu redor.

— Eu não mereço você — ele disse, emocionado. — Não mereço essa alegria, Cléo.

— Nós merecemos.

Minhas próprias lágrimas desceram, fazendo coro com as dele, salgando nossos sorrisos e deixando tudo mágico. O Dia dos Namorados brasileiro mais perfeito de todos! Eu deveria confiar mais no destino. Acabei rindo. Ele arqueou uma sobrancelha, me questionando.

— Não poderia acontecer de outro jeito, não é mesmo? Nós dois, meus pais, essa gravidez… tudo de forma inusitada, chocante, tudo bagunçado e ao mesmo tempo colocando cada coisa em seu lugar.

— Verdade. — Seus dedos acariciaram minha bochecha, capturando as lágrimas. — Eu sei que errei, mas não mudaria nada, Cléo.

Mesmo se você tivesse seguido com a sua vida, tivesse escolhido John em vez de ficar comigo, eu seria feliz com tudo o que vivemos naqueles dias.

— Eu também.

Douglas se levantou um pouco, se projetando sobre a mesa e me puxando para acolher seus lábios. E eu fui, porque não existia outra direção para onde eu quisesse ir.

Quando nossos lábios se tocaram, eu senti... Podem até achar que enlouqueci, ou então que é coisa de grávida, encontrar coisas e sentimentos onde não existe, mas eu senti como se uma luz nos envolvesse, como se a mágica tivesse se restaurado, ofuscando tudo ao redor, nos prendendo naquele mundo só nosso, onde nada importava além do sabor único da sua boca, dos movimentos dos seus lábios nos meus.

Porque beijar Douglas era como saborear um pedacinho do céu. Como ter nuvens entre os dedos, como descobrir, no último segundo da queda, que pode voar. Beijar Douglas era como estar suspensa no ar, como se meu corpo inteiro ganhasse vida e cada pedacinho dele estivesse desconectado da minha mente, agindo por vontade própria, unicamente com o objetivo de tê-lo.

E tê-lo significava muito mais do que a junção dos nossos corpos ou a explosão ocasionada por esse fato. Tê-lo tinha um significado muito mais amplo, envolvendo abraços seguros antes de dormir, olhares que dispensavam as palavras, toques que anulavam o medo, razões e certezas que me faziam caminhar.

Ter Douglas era o que me movia, me despertava, era a luz que me permitia ver o caminho à minha frente. Era ter sem precisar da posse. Porque ele nunca mais iria embora, assim como eu também nunca seria capaz de deixá-lo outra vez.

Talvez por isso quando ele se afastou, não muito, só o suficiente para me permitir falar, eu tive a certeza do que me faltava, e a segurança invalidava todos os receios. Eu sabia o que queria fazer e, para isso, só precisava da mão dele na minha.

CAPÍTULO 09

DIA DOS NAMORADOS NO BRASIL

TARDE

— Não acredito que você vomitou em cima dele — Douglas disse cheio de orgulho. — Porra, essa foi melhor do que os socos que acertei naquele escroto filho da…

— Pare, Douglas! — falei rindo. — Não foi nada interessante vomitar em alguém.

— Para mim foi mais do que interessante. Só de saber que ele causa enjoo em você, eu fico muito mais aliviado.

— Aliviado?

Douglas não me olhou quando o questionei, porém pude ver o quanto aquela revelação o deixou inseguro, até mesmo constrangido. Meu sorriso ficou mais amplo.

— Então você ainda tinha dúvidas a respeito da minha escolha?

— Não é bem dúvida. É que… com seus pais ansiosos para consertarem as coisas, com John presente outra vez e você insistindo em esconder o nosso casamento… Sei lá!

— Douglas — parei, obrigando-o a me encarar —, você é a minha escolha, independentemente de qualquer opinião. Eu te amo! Nada conseguiria modificar isso.

Meu marido se aproximou, segurando meu rosto entre as mãos, a testa colada na minha, a emoção dominando nossas atitudes.

— Tem certeza?

— Tenho. Vamos contar a verdade a eles.

Fui firme não apenas porque queria muito me livrar de mais aquele peso. Depois do que passamos, eu não suportaria a separação, nem mesmo por um dia. Estava na hora de acabar com aquela infantilidade, afinal éramos adultos, maduros, independentes e logo seríamos pais.

Seus dedos entrelaçaram nos meus com segurança. Douglas também queria aquilo, era nítido, porém aceitaria insistir na mentira apenas por me amar demais. Não era o correto nem justo.

Subimos juntos as escadas, sem pressa, mantendo o passo firme, lado a lado, sem titubear. Quando chegamos em frente à porta, estranhamos as vozes do lado de dentro. Não entendi o que meu pai falou, mas ele parecia exaltado.

Nós nos olhamos com expectativa, então ele me puxou para um beijo rápido que dizia "eu estou aqui" e só depois disso a abriu. O silêncio se fez como se nada estivesse acontecendo ali dentro.

Dei o primeiro passo, querendo deixar clara a minha decisão em fazer aquilo. Douglas entrou logo atrás de mim, e então paramos, na mesma hora, nem um segundo a mais.

Atrás do sofá estava John, os braços apoiando o corpo projetado para a frente, como se estivesse em meio a um debate. Mais ao centro, meu pai parecia ter interrompido uma caminhada frenética; ofegava e nos olhava com repreensão. E mais ao canto minha mãe parecia espantada, os braços ao redor do corpo como proteção.

Não precisei de nenhuma palavra para deduzir do que se tratava. John, aquele imbecil, havia contado a verdade aos meus pais. Se Douglas não o matasse, eu o faria. Depois alegaria ter sido um surto motivado pelos hormônios da gravidez.

Encarei meu ex-noivo com fúria. Que direito ele tinha de entrar em minha casa e se meter em minha vida? Com que autoridade ele acreditava que poderia contar aquela história? Que cretino!

— Então...

Dei mais um passo para dentro, precisando puxar Douglas, que não tirava os olhos da figura do meu ex-noivo parado na sala. John estava tão assustado que me fazia imaginar que não havia contado com o nosso retorno tão cedo, afinal, era o dia das meninas.

— Imagino que vamos ter essa conversa — eu disse sem deixar que eles me intimidassem.

— Bom... — John ergueu a coluna, dando um passo para trás. — É melhor deixar vocês conversarem — falou em português, claramente para deixar meu marido de fora.

— Nada disso! — Avancei em sua direção, surpreendendo a todos. Douglas me segurou com cuidado, me impedindo de atacar.

— Você vai ficar aqui mesmo. Vamos esclarecer essa situação.

— Cléo, vá com calma. Você não pode... — Douglas tentou, mas eu estava enfurecida demais para me conter.

— O que contou a eles? — continuei em português só porque queria que meus pais soubessem o que falávamos. Douglas poderia saber depois.

— A verdade — John se defendeu.

— Qual verdade, a minha ou a sua? Ele recuou, constrangido, me dando todas as cartas.

— Cléo, se quer se explicar, faça isso sem ameaçar ninguém — meu pai falou se posicionando entre mim e John. Depois lançou um olhar estranho para o meu marido. Não de acusação, mas de... arrependimento?

— É o que vou fazer... — Voltei no caminho, me afastando de John o máximo que conseguia. — Ok! Vou contar o que aconteceu. A verdade. Douglas é meu marido. Estamos casados há seis meses. Segurei a mão dele.

Ele logo entendeu que a verdade já era uma realidade naquela conversa. O alívio o dominou quase que por completo, mas ainda restava a tensão de não saber o que dizíamos.

— Foi exatamente o que John nos contou — minha mãe falou com certa tristeza.

— Imagino que ele tenha mesmo informado esta parte. Porém duvido que tenha mencionado o motivo da nossa separação, o mesmo que me levou a conhecer Douglas. — Virei para Douglas e falei em inglês. — Vou contar o que John fez, a proposta dele e como nos conhecemos.

— Tem certeza? — disse com certa satisfação.

— Tenho.

Mantive os dedos dele nos meus, buscando força.

— É desnecessário, Cléo! — John tentou se defender, falando em inglês. Meu pai ficou incomodado. — Foi uma coisa nossa!

— Claro que foi! Mas, se você queria tanto passar por cima da minha decisão e contar aos meus pais o que eu estava escondendo, vamos expor toda a verdade então — respondi em inglês para que Douglas entendesse.

— Para quê? Para justificar a sua atitude? Não importa o que aconteceu, isso não dá a você o direito de esconder dos seus pais que está casada. — John manteve a língua local, deixando meus pais fora disso.

— Você é mesmo um babaca! — Douglas atirou com fúria. — O que pretendia? Se pensou que nos separaria, estava muito enganado. Nós nos amamos, e você precisa aceitar que perdeu.

— Se ela te amasse mesmo, não teria escondido dos pais a sua existência. Cléo está magoada, ressentida... E eu vi como reagiu a mim quando foi me encontrar.

— Cale a boca! — gritei, ficando cada vez mais aborrecida.

— Cléo! — Minha mãe se aproximou sem entender nada, mas ciente de que, se eu estava gritando, era porque a situação não estava boa.

— Não contou a ele, Cléo? — John sorriu minimamente, mas com satisfação. — Não revelou a seu marido que esteve comigo mais cedo?

— Ela contou, imbecil! Inclusive que vomitou em você porque não suportou o seu cheiro.

O sorriso de satisfação de Douglas me deu forças para continuar. Ele me olhou com um brilho especial.

— Além do mais... — seus dedos ficaram firmes nos meus — não existem segredos entre nós.

— Não. Não existem — completei apaixonada, orgulhosa.

— Cléo — minha mãe insistiu —, converse com a gente.

Olhei para Douglas angustiada por precisar deixá-lo de fora. Não havia como introduzir todos naquela conversa quando as partes mais importantes não falam a mesma língua. Eu me sentia como a tradutora da torre de babel.

Então, sem esperar, contei aos meus pais tudo o que aconteceu. Não omiti nada, não guardei nenhum segredo. Falei tudo, do meu desejo de casar para deixá-los satisfeitos, da proposta do John, do quanto sofri por precisar aceitar, da viagem organizada por Jessye, de como conheci Douglas, da bebedeira que nos fez casar na primeira vez, de como me apaixonei e decidi casar logo após o divórcio falso. Depois, relatei o quanto fui feliz nos seis meses ao lado de Douglas, mas nunca completa, porque não sabia como contar a eles o que aconteceu.

Meus pais me ouviram com atenção, nunca parecendo surpresos, nunca me interrompendo, só ouvindo, me deixando desabafar. Douglas esteve ao meu lado o tempo todo, mesmo sem entender nada do que eu dizia. Ele pegava o meu estado de espírito pelo tom da minha voz, e seu polegar massageava minha mão conforme percebia a minha necessidade.

Quando me calei, meus pais se olharam e logo em seguida meu pai se dirigiu ao John.

— Foi de um desrespeito terrível o que fez com a minha filha, Jonathan. — Sua voz, apesar de aborrecida, parecia mais cansada do que enraivada. — Não foi para isso que permitimos que ela deixasse o país para acompanhar você. Nós sempre confiamos em você, e agora nos decepcionou.

— Eu... eu... — John olhava para meus pais com receio, seus olhos indo de um ao outro com muita pressa. — Sinto muito! Não foi assim desta forma como Cléo contou. Lógico que não foi. Ela só está piorando a história para justificar o que fez comigo.

— O que eu fiz com você? — bradei.

Era inacreditável como John não conseguia enxergar a sua culpa naquela história.

— Você concordou com o acordo. Bastava dizer que não.

— Ah, tenha a santa paciência! — gritei outra vez, alertando Douglas, que apertou a minha mão. Tive de explicar esse argumento, o que o deixou enfurecido.

— Se você a amasse de verdade, nunca seria capaz de propor algo do tipo. — Douglas disse com frieza na voz.

— E você por acaso ama? Enganou Cléo com essa história de casamento, mentiu para conseguir levá-la para a cama. O cretino aqui é você!

Douglas deu um passo, mas consegui contê-lo.

— Ninguém conseguiria me enganar para transar comigo, seu imbecil! Transei com Douglas porque quis, porque senti atração e depois porque gostei, mesmo com a ideia de que deveria voltar para você.

— Então quem não presta aqui é você — John rebateu, enfurecido com a minha revelação.

Douglas foi para cima dele mais uma vez. John se afastou, como o covarde que era, e meu pai se intrometeu, contendo Douglas, mesmo sem saber os motivos do meu marido de querer acertar John com alguns socos.

— Você fez a sua proposta — falei alto, em português, fazendo com que meu pai entendesse o conteúdo da conversa. — Você propôs que nós deveríamos viver como solteiros, encontrar aventuras, adquirir experiências. O que esperava? Que eu ficasse em casa chorando até a sua volta?

John me encarou com fúria, ciente de que, na nossa língua, não poderia me dizer nada de ruim na presença dos meus pais.

— Cléo! — meu pai me alertou.

Voltei para Douglas, dando as costas para John, para acalmar meu marido.— Isso aqui já virou uma confusão. Não entendo o que disseram um ao outro, mas já deu para perceber que tudo só aconteceu por causa dessa ideia descabida de separação temporária — meu pai falou.

— Não foi a minha intenção, mas... eu queria casar. Eu ia casar! Estava convicto disso! — disse John.

— Depois de se divertir? Depois de abandonar minha filha sozinha durante um mês, permitindo que ela se aventurasse dessa forma? Entrando em um casamento de mentira depois de uma bebedeira? Nas mãos de amigas desmioladas capazes de arquitetar coisas desse tipo?

— Pai!

— Depois resolvo com você, Cléo! — ele foi firme e duro.

Repeti baixinho para Douglas o que meu pai dizia, querendo que ele tivesse alguma noção do momento em que estávamos.

— Não foi a minha intenção. Se Cléo tivesse cumprido com o nosso acordo...

— Acordo? Isso é acordo que se faça com a mulher com quem você viveu por dez anos, seu moleque?

John se encolheu na mesma hora, parecendo ter voltado no tempo, aos seus quinze anos.

— Espero que esteja satisfeito em saber que deu certo para ela, porque do contrário eu não sairia deste país, ficaria preso por assassinato.

— Pai!

Segurei em seu braço. Minha mãe fez o mesmo.

— Fique calmo, Ernesto! John já entendeu que você está aborrecido.

— Pois quero que não esqueça!

— Ele não vai esquecer — salientei, encarando meu ex-noivo.

— E ele? — John continuou, apontando para Douglas. — Esse cara é confiável para estar com a sua filha? Ele sequer a conhecia e aceitou que Jessye, que ele também não conhecia, arquitetasse tudo. Ele topou seduzir Cléo, virar a sua cabeça só para acabar com o nosso noivado. É um cretino sem escrúpulos que só queria se divertir!

— Cale a boca, seu imbecil! — falei mais alto.

— Seu pai tem que saber quem ele é.

— Ele é o homem que eu amo! O que escolhi para passar o resto da minha vida e que jamais me faria uma proposta como a que você fez.

— Você é ingênua demais para entender, Cléo — John disse com a voz mais calma, em inglês, e com certa satisfação. — Mas Douglas foi uma versão menos agressiva do que eu fiz. Ele também não respeitou você, não mediu as consequências, não levou em consideração os seus sentimentos. Ele também abusou da sua ingenuidade e se aproveitou da sua fraqueza.

— É melhor parar por aí ou vou igualar os hematomas em seu rosto — Douglas rosnou. — E não ouse falar de mim, seu moleque! Eu não toquei um dedo em Cléo sem que ela quisesse que acontecesse. Não ousei ultrapassar os limites da brincadeira. Não desrespeitei a mulher incrível que ela é e não minei a esperança que ela sustentava. Dei a Cléo todas as alternativas, e se ela escolheu ficar comigo foi porque não havia mais nada para você. Aconteceria de qualquer jeito, porque Cléo não era feliz ao seu lado. Ela entenderia até mesmo se eu não estivesse mais na vida dela.

— Ah, claro! O amor vence tudo, não é mesmo? — provocou.

— Você não sabe nada sobre amor, John — respondi em português, voltando a incluir meus pais na conversa. — Você não sabe amar. É egoísta, mimado e inseguro o suficiente para não aceitar nada que não esteja abaixo de você. Foi isso o que fez comigo. Você me fez acreditar que eu não podia tanto, que não havia nada de especial em mim, me diminuiu para assim conseguir me manter ao seu lado.

— Eu não sabia que você se sentia assim — respondeu com mágoa.

— Porque você nunca fez questão de saber.

— Sinto muito, Cléo! — meu pai falou, demonstrando certa tristeza. — Eu também nunca soube que você se sentia assim. Lamento não ter percebido para poder ajudá-la.

— Eu também! — minha mãe falou, dando um passo em minha direção. — Acreditei que, se você não reclamava, era porque estava bem. Permiti que a distância não deixasse que eu a enxergasse melhor. Desculpe!

— Vocês não tiveram culpa — falei, emocionada. — E, no fundo, sou grata a tudo o que aconteceu, pois só assim encontrei Douglas!

Eles concordaram, mantendo a emoção das minhas palavras.

— Foi tudo errado. Agora precisamos consertar as coisas. John, quero que saia daqui — meu pai demandou.

— Ainda não! — Passei à sua frente. — Agora vamos conversar em inglês, porque Douglas tem direito de saber o que vou dizer a você.

John esbugalhou os olhos, surpreso com a minha reação.

— Estou com raiva, John. Estou com muita raiva de você! Mas não do que aconteceu. Em mim não restou nada de mágoa, nada que não tenha sido resolvido e superado. Eu sei que o que você fez foi horrível, mas aprendi que o destino tem formas estranhas de resolver os problemas. Você não foi bom para mim neste último ano que passamos juntos, entretanto foi a única maneira de eu encontrar Douglas e perceber que o que queria estava muito além do que eu tinha. Por isso não o culpo. Tentar colocar você como um vilão será o mesmo que dizer que você arruinou a minha vida, e não foi o que aconteceu. Você me deu esta chance, eu conheci Douglas, me apaixonei e descobri que não quero que seja de outro jeito.

— Cléo…

— Agora quero que siga a sua vida. Que seja feliz, encontre alguém para construir. Eu estou bem, feliz e nada vai me fazer mudar de ideia.

— Você mal o conhece! — esbravejou. — Como pode confiar nele?

— Porque ela sabe que ficar comigo é o mesmo que não precisar esperar dez anos para agir — Douglas falou com toda a sua força, a sua presença segura, a sua maneira de deixar claro que estava no controle da situação. Ele me segurou pela cintura, me levando para perto. — E porque hoje somos muito mais completos do que você foi capaz de ser com ela. Então só aceite e caia fora.

— Você não fala por ela!

— Não — Douglas riu. — Mas acho que Cléo, mesmo cheia de delicadeza, quis dizer um sonoro "Caia fora!". E acho melhor você atender, afinal não se brinca com o perigo dos hormônios de uma mulher grávida.

Havia tanto orgulho em sua última frase que acabei sorrindo.

Virei para Douglas, não me importando com mais nada nem ninguém, joguei meus braços no seu pescoço, fiquei nas pontas dos pés para alcançar seus lábios e o recebi com todo o seu amor. A mão de Douglas foi para o meu cabelo com gentileza, me obrigando a ficar mais um pouco em seus lábios. E só nos desgrudamos quando ouvimos o pigarro do meu pai.

Olhei na direção dele e o vi sorrir, orgulhoso pela primeira vez desde que chegou a São Francisco, abraçado com minha mãe. Ouvimos o bater da porta e, então, percebemos que John foi embora. Se era para sempre, eu não sabia dizer, mas dentro de mim desejei que ele fosse feliz, assim como eu era.

Feliz!

E então chegou o momento mais temido, a hora de ficar cara a cara com meus pais.

Quando entramos no apartamento e demos de cara com John, acabei me esquecendo do quão mais profunda aquela história ficou. Meu ex-noivo de fato ofuscou a grandeza da situação.

No entanto, ali, diante dos meus pais, sem ninguém que pudesse roubar o foco das nossas atenções, minha coragem perdeu parte da sua força. Eu me senti como uma adolescente apresentando o namorado ao pai, morrendo de medo e precisando controlar a vontade de se rebelar.

— Pai...

— Agora sente-se um pouco, Cléo — ele disse fazendo o mesmo, ficando diante de mim e Douglas.

Nós nos sentamos lado a lado, Douglas com a mão na minha, ainda sem saber como conseguiria acompanhar a conversa. Nossos dedos se apertaram uns nos outros, confirmando a nossa decisão de irmos até o final.

— Por favor, traduza o que vou dizer. Isso aqui ficou um tanto... — fez um gesto vago com a mão, incomodado. — Enfim... Esse casamento é para valer? Quero dizer... é um casamento de verdade?

— Sim — Douglas respondeu, sério, concentrado em dizer a coisa certa para ganhar a confiança de meu pai. — Sei que parece uma brincadeira, mas não é. Quando Jessye me procurou, a ideia era tentar Cléo, dizer a ela que o que John fez não foi correto com a mulher com quem ele dividiu dez anos da sua vida. Não havia nenhuma intenção de deixar isso ganhar a força que ganhou, porém eu...

Ele me olhou daquela forma que fazia meus ossos virar gelatina. Os olhos cheios de amor, de respeito e carinho. O mesmo olhar que me confundia e que me atraiu para seus braços.

— Não sou perfeito, Sr. Rodrigues. Estou longe disso. Mas me apaixonei por sua filha no momento em que a vi. E fui corajoso o suficiente para respeitar a escolha dela. Deixei Cléo livre para decidir o que fazer, mesmo amando-a e sofrendo com a separação. Tive, sim, uma grande participação no fim do noivado dela, contudo não criei essa situação. Eles já estavam separados quando nos conhecemos, eu só... — puxou o ar com força. — Dei uma opção a Cléo. Ela não precisava continuar em uma relação que não lhe fazia bem, que diminuía a sua força e a impedia de ter confiança nela mesma.

Fechei meus dedos nos dele, aquecida com aquele amor que só me fez crescer, me transformou em uma nova mulher, me libertou. Douglas podia não ter permanecido ao meu lado, mas ele conseguiu, em pouco tempo, me mudar – aliás, fazer com que finalmente eu tomasse posse de mim mesma e mudasse a minha história.

Olhei para meu pai, e este parecia, enfim, ter entendido a minha escolha. Minha mãe sorria com emoção diante das palavras que traduzi. Eles trocaram um olhar, uma conversa muda, e então meu pai balançou a cabeça concordando.

— Douglas, eu espero que tenha entendido o quanto, como pai, tenho o direito de estar aborrecido com isso tudo. Cléo e John estavam juntos desde os quinze anos, parecia certo e sólido, e então eles terminaram. É natural ficarmos preocupados e temerosos, principalmente com ambos morando tão longe da gente.

— Eu entendo — Douglas falou.

Precisei traduzir.

— Sei o quanto deve ter sido difícil para vocês.

— E, ainda por cima, descobrirmos assim, desta forma, no meio desta confusão, que ela está casada. Douglas concordou sem nada dizer.

— Com um homem que não sabemos quem é, e de forma tão ruim quanto a tal proposta do John.

— Sim, eu entendo mesmo a sua preocupação — Douglas continuou.

— A culpa é minha — falei. — Douglas não sabia que eu escondia a verdade. Ele, assim como vocês, foi pego de surpresa. Por isso, se alguém aqui precisa pedir desculpas, sou eu.

Precisei parar para traduzir.

— Você teve medo, amor — Ele acariciou meu rosto com devoção. — Se eu tivesse apoiado você em vez de insistir, não teria sido desta forma. Além do mais… — Voltou a olhar para os meus pais. — Seus pais estão certos. Não sabem quem eu sou nem o que você vive ao meu lado. Imagino que qualquer pai ficaria preocupado estando tão distante da filha. Por isso, Sr. Rodrigues, se o senhor me permite, gostaria de fazer o pedido formal, que o senhor nos desse a sua bênção, já que a permissão…

— Douglas! — Chamei por meu marido, emocionada e assustada. E me esquecendo de traduzir as suas últimas palavras. — Não é necessário.

— É se eu quiser ter a confiança do seu pai.

— Mas nós já somos casados, e nada do que ele disser vai modificar a minha decisão. — Ele sorriu, me puxando para um beijo rápido.

— Eu sei — sussurrou em meus lábios.

— Cléo! — minha mãe chamou.

Sorrindo, consegui desviar meus olhos do rosto do meu marido e olhar para minha mãe, para então traduzir o que Douglas falou. Ela ficou encantada, no entanto contida, aguardando a reação do meu pai.

— Pelo visto, essa é a sua vontade, Cléo. O que mais eu posso fazer?

— Ficar feliz por mim, pai.

Ele sorriu e, enfim, me senti em paz.

— Eu estou feliz. Nós estamos — emendou. — Bom… então quero que saiba que não é nada pessoal, Douglas. Quando você for pai, vai nos entender melhor.

Assim que traduzi, já com um imenso sorriso no rosto, rimos embasbacados com aquela novidade. Douglas exibia uma felicidade que parecia brilhar em sua pele. Seus dedos longos acariciaram minha mão, massageando-a como se pedisse a minha confirmação. Mordi o lábio, ainda temerosa, mas não havia mais como manter segredos. Por isso, balancei a cabeça e me voltei para os meus pais.

— Na verdade, estamos muito perto de descobrir, pai.

Eu contei. Foram exatos treze segundos até que ele e minha mãe entendessem o que eu dizia. Meu pai puxou o ar com força, se emperdigando no sofá e, então, procurou por minha mãe, que já chorava com a mão na boca sem deixar de me olhar.

— Mãe!

Ela abriu os braços, vindo em minha direção. Eu me levantei emocionada, aceitando ser acalentada. Rimos e choramos como duas loucas, ou como duas mulheres que sabiam o quanto gerar um filho era algo que superava todas as outras loucuras do universo.

Demoramos para nos separar. Quando o fizemos, começamos a rir de meu pai e Douglas, em pé, lado a lado, constrangidos e felizes ao mesmo tempo. Meu pai me abraçou, beijou meu rosto com carinho, depois o topo da minha cabeça. Assim, sem palavras. Mas quem precisava de palavras com uma bênção como aquela?

E, quando meu pai enfim me deixou, Douglas me abraçou, buscando meus lábios, me cercando com seus braços e me levando de volta para a segurança do nosso amor.

Então foi ali que compreendi que, apesar de todos os percalços, a vida voltava ao seu rumo, sem muito balanço, talvez para não me enjoar, perdendo aos poucos a força que a fez girar com tanta intensidade, permitindo que os eixos se fixassem e normalizassem a tempestade.

Porque é isso que o amor faz, não? Junta os improváveis, separa os previsíveis, intensifica os laços, torna-os mais fortes, mais seguros. Preenche com tanta certeza que precisa ser repartido, gerando uma nova fonte, aquele que estava dentro de mim e que um dia seria nosso. A continuação do nosso amor.

CAPÍTULO 10

DIA DOS NAMORADOS NO BRASIL

NOITE

DOUGLAS

Quando liguei para Jessye e contei que Cléo já sabia de tudo foi quando também descobri que minha vida viraria de cabeça para baixo a partir dali. De uma forma gostosa de dizer, porque sempre é gostoso o *loop* da montanha-russa, não é mesmo? E, no final das contas, tudo não passava de uma necessidade de adaptação para, enfim, voltar à normalidade.

Passei aquelas longas horas em que ela se recusou a falar comigo me perguntando o que poderia fazer. Claro que não acreditei que seria o fim do nosso casamento. Se Cléo sabia de tudo e nem assim enlouqueceu me colocando para fora de casa, era porque já havia me perdoado há muito tempo. Ainda assim, não invalidava a minha obrigação de implorar pelo seu perdão e de fazê-la compreender que eu nunca mais mentiria.

E era justamente por causa daquele compromisso, de que viveríamos na verdade, que fiz questão de dar seguimento aos planos da minha esposa para o Dia dos Namorados brasileiro. Juntei as garotas, Hillary, Jessye e Sandy, e pedi apoio dos amigos Bill, Michael e Juan para a parte mais pesada.

Ainda não sabia o que fazer com os pais dela, mas era o Dia dos Namorados no Brasil, e Cléo queria muito que fosse uma noite especial, então eu devia isso a ela. Tornou-se minha obrigação realizar o seu desejo, ainda mais depois de tudo.

E, quando Jessye enviou uma mensagem avisando que tudo estava pronto, precisei convencer Cléo a deixar os pais e a sair comigo. Deu trabalho. Eu não falo a língua deles, não havia como explicar a necessidade de tirar Cléo dali sem eles. Mesmo assim, insisti, ela cedeu, e meus sogros compreenderam, afinal eles me deviam aquele momento.

— O que está aprontando? — ela perguntou quando chegamos à casa de Jessye. — O que fazemos aqui?

Sorri segurando sua mão, fazendo com que ela continuasse subindo as escadas. Jess já nos esperava com a porta aberta. Ela e Michael estavam arrumados, em sintonia, paquerando um ao outro. Assim que chegamos, Jessye soltou a chave na minha mão.

— Aproveitem a noite — sussurrou no ouvido de Cléo ao abraçá-la.

— Vão sair? E... — Cléo me olhou sem entender nada.

Fechei a porta, emocionado, ansioso pela surpresa, e puxei minha esposa para meus braços. Ela suspirou com um sorriso lindo, aceitando ser beijada. Cléo tinha um jeito todo especial de beijar que sempre mexia mais comigo do que eu era capaz de controlar. Colei nossos corpos, desejando mais daquela mulher linda e sensual, que havia me conquistado apenas com um olhar, e logo em seguida a afastei, para que conseguíssemos ir até o final.

— Precisávamos mesmo expulsar a Jess de casa para transar? — ela disse.

— Sua mente é muito criativa, Cléo. Vamos!

— Para onde?

Apontei para cima, e seus olhos ficaram estreitos.

— O que está aprontando, Douglas Foster?

— Mais um pouco de fé, por favor!

Passei pela janela, evitando o seu espanto. Subimos pela escada de incêndio até o terraço, já todo arrumado, conforme o meu pedido. Havia lâmpadas espalhadas por todo o espaço e flores decorando o ambiente. Uma tenda com muitas almofadas, uma mesa posta e, à frente, a pequena orquestra que contratei e que começou a tocar no mesmo instante que nos viu chegar.

Cléo subiu logo atrás de mim e estancou, surpresa, os lábios abertos, os olhos daquele verde esmeralda que me deixava fascinado, maximizados, a mão flácida na minha.

— Douglas!

— Feliz Dia dos Namorados!

Salpiquei um beijo em seus lábios. Ela riu.

— Como você...

— Jessye me contou. — Acariciei sua bochecha, encantado com a facilidade com que ela me deixava bobo, apaixonado, entregue. — Só dei uma aperfeiçoada. Você sabe, não há romantismo sem música.

Puxei Cléo para o meio do terraço, rodopiando com ela, embalados pela linda canção que os rapazes tocavam. Ela me olhava daquela forma única, cheia de amor, de expectativa, de sentimentos nobres e profundos. Cléo era perfeita antes, mas ali, dançando comigo, carregando meu filho em seu ventre, ela era… magnânima!

— Eu amo você! — falei sem conseguir resistir aos seus encantos.
— Também amo você.

Seu sorriso caloroso, inocente, tão puro, aqueceu meu coração.

Eu me inclinei para beijá-la, recebendo seus lábios, sedento por ela. Como podia desejar tanto alguém mesmo depois de passar seis meses dormindo com ela todos os dias? Cléo quebrava todos os meus conceitos e modificava meus princípios. Rodopiei outra vez apenas como uma forma de conter meu desejo, uma vez que estávamos sendo observados.

Coloquei a mão em sua cintura e voltamos a dançar. Estava tudo perfeito, conforme havia previsto, mas faltava ainda um detalhe. A ideia era não haver mais mentiras, e eu precisava manter a promessa. Quando a música tocada ganhou outro ritmo, mais lento e romântico, me afastei.

O garçom se aproximou nos servindo champanhe, e eu nem tentei impedi-la de degustar aquela taça. Segurei a mão de Cléo e a guiei até a mesa. Ela aceitou sem questionar nada. Nós nos sentamos, aproveitando a música.

— Preciso contar uma coisa para você. Ela me olhou curiosa, atenta, como se pudesse perceber que nada poderia ser tão perfeito.

— Não fique aborrecida. Ok! Vou falar de uma vez. Quando liguei para Jessye para contar sobre o que aconteceu, ela… — Mordi os lábios sem saber como fazer. — Jess achou que você me deixaria e entrou em desespero. Aliás, se eu achava que você era um pouco… ansiosa… — acrescentei com cuidado — era porque não conhecia Jessye direito.

Cléo não riu, me encarando, aguardando pela bomba.

— Tudo bem. Prometi que não deixaria mais nenhuma mentira entre nós. Jess me contou que você estava grávida.

— Puta merda!

Cléo fechou os olhos, controlando a raiva. Temi pelo que ela seria capaz de fazer. Então minha esposa balançou a cabeça, mordeu o lábio, encarou o dia começando a se despedir e então relaxou.

— Tudo bem? — Acariciei sua mão sem saber como reagir.

— Tudo. Mato Jess amanhã. Hoje é o Dia dos Namorados.

— Não seja tão má com ela — pedi.

— Acredite, terei tempo de sobra para fazer Jessye pagar por isso.

— Cléo!

— Feliz Dia dos Namorados! Ela me cercou com seus braços e buscou meus lábios com paixão.

Ri aceitando seus avanços, seu beijo e a sua maneira de perdoar. E eu a amava ainda mais por isso, por me amar e me permitir não encerrar mais um capítulo da nossa história com outra mentira. Era a nossa chance de recomeçar, construir algo mais sólido para a chegada do nosso primeiro filho.

Eu sabia que seriam meses estranhos, porém ansiava por cada momento, cada segundo ao lado dela, a mulher que um dia aceitou casar comigo vestido de Elvis e embarcou em uma aventura que nunca mais eu esqueceria. A mulher da minha vida, a mãe dos meus filhos.

— Onde estão?

Ela me olhou sem entender a minha pergunta.

— As alianças! — Acabei rindo da sua confusão.

— Ah! Estão aqui na... Espere um pouco! Como sabe sobre as alianças? Mantive a mão suspensa, aguardando que ela entendesse.

— Jessye! — ela falou com frustração, tirando a caixa de dentro da bolsa para depositá-la em minha palma.

Ajoelhei à sua frente, deliciado com a mudança de humor da minha esposa, que aos poucos desamarrava a cara e se iluminava com a minha atitude. Abri a caixinha, retirando a dela primeiro. Cléo deixou cair uma lágrima.

— Talvez... — Segurei sua mão esquerda, como acontecia no Brasil — Jessye seja a nossa intromissão necessária.

— Ela é uma...

— Cléo Foster — continuei sem deixá-la entrar naquele clima —, aceita continuar sendo a minha esposa?

Ela riu com doçura.

— Na saúde ou na doença. Nas noites embalando um bebê ou trocando fralda. Nas mamadeiras de madrugada ou nos choros de cólica. Na hora de enfrentar pais superprotetores ou quando for necessário expulsar o ex-noivo de casa. Sua risada preencheu o ambiente, deixando a noite mais perfeita.

— Aceito!

Escorreguei a aliança por seu dedo, concretizando a sua vontade. Segurei a aliança destinada a mim e a entreguei, me levantando.

— Não espere que eu ajoelhe — ela disse, me fazendo rir. — Bom, Douglas Foster, desejo que continue sendo meu marido. — Ela engasgou de emoção já no início. — E que esteja ao meu lado durante a gravidez, para me impedir de surtar ou de deixar os hormônios me dominarem. E, por favor, seja sempre o nosso porto seguro, porque essa criança vai precisar de alguém para correr quando a mamãe fizer uma das suas bobagens.

— Vai dar tudo certo, amor! — Acariciei seus braços. — Você será uma mãe perfeita.

Ela enxugou as lágrimas, concordando muito rápido comigo.

— E você vai continuar sendo o marido perfeito, não vai?

— Vou.

— Mesmo com meus enjoos matinais, com os seios doloridos, com o corpo todo inchado, acima do peso. Ri alto.

— Tenho certeza de que você ficará linda, Cléo.

— Promete?

— Prometo. — Puxei seu rosto e beijei seus lábios, selando a nossa conversa. — Prometo, amor!

— Então... — Ela segurou minha mão e deslizou a aliança, concretizando a nossa união. — Feliz Dia dos Namorados!

— Feliz Dia dos Namorados!

NOTA DA JESSYE

Tudo bem, eu menti e armei para a minha melhor amiga mais uma vez. Porém não dava para ficar calada, aguardando, vendo Cléo afundar o casamento porque não conseguia simplesmente agir como uma mulher madura e contar aos pais que estava casada.

Eu sei que não é uma situação muito certa. Não devo julgar como Cléo encarou aquilo estando ela em um momento tão delicado e que – dizem – mexe tanto com nossos hormônios. Talvez Cléo estivesse com o corpo todo abalado para não conseguir sequer raciocinar direito.

E ela já estava envolvida em tanta confusão que foi praticamente impossível eu não agir. Era isso, ser outra vez a amiga intrometida, ou assistir quieta ao fim do casamento deles dois.

Por isso, naquele dia, enquanto eu ainda ruminava sobre a minha decisão, quando Douglas me ligou avisando que Cléo sabia de tudo, não tive outra escolha, contei a ele sobre a gravidez.

Não perdi nem um minuto pensando no quanto Cléo descobrir a verdade abalaria a nossa amizade. Ela já sabia de tudo e nem isso a impediu de me considerar o suficiente para fazer o teste de gravidez em minha casa. Por isso dediquei a minha energia a não permitir que aquela separação fosse longe demais.

Contei a Douglas, assisti de primeira mão à sua emoção e felicidade e, sim, eu sabia que esse momento deveria pertencer a Cléo, mas, diante das circunstâncias, valeria a pena uma nova mentira. Bastava que ele sorrisse e dissesse estar muito feliz para que ela acreditasse que tudo aconteceu como deveria.

A prioridade era Cléo enxergar que já tinha ido longe demais, que amava Douglas e que agora eles eram uma família. Digo... uma família com direito a tudo, né? Até mesmo um bebê chorando e de fraldas sujas.

Bom... depois de contar a ele, combinamos uma maneira de ele conseguir chegar até ela sem causar grande impacto. Pensamos na sua gestação recente, porém o maior problema era estarmos na presença dos pais dela. Então me lembrei do dia das garotas e estava tudo resolvido. Bastava não permitir que Cléo estragasse tudo.

No mais, eu me redimi, dando seguimento à festa do Dia dos Namorados brasileiro que ela tanto desejou. Foi a maneira que encontrei de fazê-la me amar o suficiente para me perdoar mais uma vez, assim como eu a amava o suficiente para apostar nas armações sempre que a via se perder no caminho. Porque se existe alguém que tem facilidade de se perder, essa pessoa é Cléo.

Ainda bem que ela tem uma amiga como eu, sempre disposta a arriscar a própria cabeça para conduzi-la de volta à felicidade.

É isso. Mais uma vez intrometida e mais uma vez nada arrependida. O que posso fazer? Essa sou eu.

NOTA DE CLÉO

— Ah, Deus! Minhas costas estão me matando!

Gemi fazendo uma careta que tornava a informação pior do que de fato era. Jess me olhou com certa relutância, respirou fundo e, logo em seguida, retirou a almofada das suas próprias costas e a ajeitou atrás de mim. Sorri, agradecida. Só então ela desfez aquela cara e pareceu mais relaxada, passando a mão em minha barriga já no seu limite, para então se sentar outra vez no sofá.

— Deu uma sede! Deixa eu tentar...

— Eu pego!

Seu aborrecimento voltou com tudo. Minha amiga se levantou, deixando a sala. Sorri, satisfeita.

Desde que Douglas e eu reafirmamos o nosso amor e decidimos que não haveria mais espaço para mentiras e segredos, resolvi ampliar essa promessa para a minha relação com as minhas amigas, entretanto Jessye me devia muito por ter mais uma vez passado por cima da minha vontade e agido por conta própria. Eu disse que me vingaria e cumpri a minha promessa.

Fiz questão de deixar claro o quanto ela me aborreceu e que a minha confiança em sua amizade ficou abalada. Desde então, Jessye tem tentado se redimir, dedicando a mim a sua paciência e cuidado.

E eu abusava, porque queria que ela entendesse que foi errada.

Minha amiga voltou com um copo de água, parando à minha frente, e aguardou. Peguei o copo com lentidão, ciente de que isso minaria a sua paciência, bebi cada gole com o maior cuidado, fingindo ignorar o seu bater de pé. Quando Jessye desistiu de esperar pelo copo, me dando as costas para retornar ao sofá, bebi toda a água de uma vez e aguardei.

Ela se sentou, soltou um suspiro de satisfação, girou o pescoço, fazendo-o estalar, e, quando me olhou, o copo já estava vazio, aguardando por ela. Quase ri da sua cara de desespero.

— Jess, eu posso...

Fingi ser um esforço anormal me levantar do sofá com aquela barriga enorme. Ela se levantou correndo.

— Fique quieta, Cléo! — Pegou o copo da minha mão e o levou de volta para a cozinha, demorando mais do que deveria.

Aguardei que ela voltasse, pronta para inventar mais alguma coisa para a sua punição, quando ela retornou com maçãs cortadas, sem a casca, como eu inventava que queria, no tamanho correto que exigi certa vez e no pratinho que decidi ser o menos suscetível a acidentes.

Sorri um pouco envergonhada. Há nove meses eu punia Jess, inventava todas as desculpas para que ela sofresse ao meu lado com a minha gestação. Fui dura e exagerada em alguns momentos. Sabe como é... os hormônios. Mas, nesse tempo, vi minha amiga ser uma verdadeira irmã, uma companheira resignada, fiel, pronta para tudo o que eu precisava.

Como das vezes em que eu, sem querer, vomitei no chão da sala dela. Ou quando, abalada pelas loucuras da gravidez, chorei horrores, acreditando que jamais seria uma boa mãe, o que geralmente acontecia quando eu quebrava alguma coisa. Até mesmo quando batia aquelas vontades loucas de comer sorvete e pastel na mesma hora, só para depois ficar duas horas resmungando que minha sina era ficar imensa de gorda.

Apesar de ter um marido muito participativo, companheiro e que fazia questão de estar presente em todos os meus momentos, foi com Jess que eu quis fazer todas as aulas que inventaram para grávidas. Mesmo sem querer ter filhos, minha amiga aprendeu a trocar fraldas, a temperatura certa de uma mamadeira, a importância de um termômetro e como agir caso o bebê sufocasse.

Foi até estranho, porque Douglas também quis participar das aulas relacionadas aos tratos do bebê, então íamos os três e, apesar dos olhares cheios de censuras e estranhezas, nos divertíamos muito.

Jessye me acompanhou no pilates, na hidroginástica – pelo menos até eu assumir que enjoava mesmo na água e abandonar a atividade –, nas aulas de alongamento, de yoga – o que a fazia ter certeza de que não havia mesmo paciência escondida em algum lugar do seu corpo –, nas caminhadas matinais e em tudo mais que eu desejava fazer.

Por isso, ali, diante da minha amiga querida, vendo o seu cuidado comigo, tomei a decisão.

— Obrigada! — Peguei o pratinho de sua mão, observando Jess se sentar no sofá, cheia de desconfiança. — Está perdoada.

Ela se jogou para trás, se desmanchando no sofá como se estivesse esgotada. Ri.

— Até que enfim! Pensei que teria que amamentar essa criança para conseguir provar que não farei mais besteira.

— Deixa de bobagem! Você mereceu.

— E precisava de nove meses me punindo? Meu Deus! Se antes eu não queria engravidar, agora estou preferindo perder o útero.

— Sua boba! É maravilhoso estar grávida! — Passei a mão pela minha barriga com aquela deliciosa sensação de amor que nunca me abandonava desde que meu bebê começou a crescer dentro de mim. — Jess, eu vou...

Comecei a me levantar do sofá, e ela logo correu para me ajudar.

— Não precisa! Só vou...

Então tudo aconteceu. Primeiro a cólica leve, que às vezes se apresentava, apareceu com uma potência maior; depois, muito rápido, mais do que imaginei ser possível, uma dor maior.

— Ah, meu Deus!

— Cléo!

Nós duas olhamos para baixo quando percebemos que um líquido descia por minhas pernas, formando uma poça no chão. Horrorizadas, nos encaramos.

— A bolsa... — ela disse.

— Ah, meu Deus! Vai nascer! Ligue para o Douglas. Não posso ter esse filho agora!

Não era para ser assim. Eu não estava preparada para ter aquela criança sem uma anestesia, sem a tranquilidade de ser cortada sem sentir qualquer tipo de dor. Mas a bolsa havia estourado, então todos os segundos contavam.

— Fique calma! — Jess disse com os olhos esbugalhados.

— A sacolinha está no meu quarto junto com a maleta. E... ah, meu Deus! Ah, meu Deus! Eu disse que não queria parto normal. Eu não quero parto normal! — falei um pouco mais exaltada.

— Calma! — ela disse, me obrigando a parar. — Vou ligar para o Douglas e vou levar você para o hospital. Está sentindo contração?

— Uma cólica um pouco mais forte do que as outras. Que droga, Jess!

— Não comece! Você se lembra do que aprendemos? Respiração!

Comecei a respirar como um cachorrinho, mas, sinceramente, aquilo não me ajudava em nada. Jessye voltou do quarto com a mala e a sacola do bebê, o telefone entre o ombro e a orelha, já combinando o que fazer.

— Certo. Ligue para a obstetra. Estamos indo. Não! — falou mais alto. — Douglas, deixa de ser idiota! Não foi para isso que fizemos o curso. Siga o protocolo! — reclamou, desligando o telefone. — Vamos nessa, garota! Acha que consegue descer as escadas?

— Acho... — Puxei o ar. — Que... — Soltei o ar. — Sim... — Puxei o ar.

— Ótimo!

Minha amiga me segurou pela cintura e iniciou o processo lento para descer as escadas do prédio. Parecia uma eternidade e, em um passe de mágica, as cólicas ficaram mais fortes. Eu não suportaria. Estava certa de que, se a dor aumentasse um pouco mais, começaria o meu tormento.

— Jess...

— Calma! Sabíamos que seria assim — ela falava tentando não demonstrar o quanto estava assustada. — Puta merda! Precisava me esgotar justo hoje? Estou um caco!

— Desculpe! — Puxei o ar. — Eu... — Soltei o ar... — Não... — Puxei o ar.

— Fique calada, pelo amor de Deus! Está me dando asma.

Ri em meio à dor.

Conseguimos chegar no hospital sem nenhum dano. Para tanto, Jess precisou ameaçar bater em um rapaz que estava quase dentro do táxi quando o avistamos. Ele não queria ceder o carro, tinha uma reunião importante. Só posso dizer que Jess tinha um jeito todo especial de convencer as pessoas. Ficamos com o táxi, e ela, com o telefone do rapaz, que pareceu gostar da sua selvageria. Vai entender!

Douglas chegou quando a dor já estava insuportável, eu já fazia o meu pequeno escândalo, e, pelo que pude entender, após passar por dois exames de toques, a tendência seria piorar. Não havia como fazer uma cesárea, pois o bebê já estava nascendo.

— Não é possível que meu próprio filho vai me trair assim! — gemi esgotada, sofrendo, angustiada com as contrações cada vez mais fortes. — Era para você esperar! — Choraminguei.

— Vai dar tudo certo, amor! Tenha calma, respire, force...

Douglas tentou, mas a contração chegou com tudo, me obrigando a gritar, chorar, xingar, contorcer os dedos nos dele com toda a força que eu conseguia. Ainda assim ele ficou ali, ao meu lado, segurando uma mão enquanto Jess segurava a outra e não parava de olhar para tudo, horrorizada.

— Eu odeio Eva! — gritei esgotada, me deixando cair sobre a cama nada confortável. A dor me fazia latejar por dentro.

— Começou! — Jessye disse sem a censura das outras vezes. Na verdade, ela estava aterrorizada.

— Aquela cretina traidora! — gritei outra vez me obrigando a fazer força e morrendo de medo do que poderia sair de mim diante de tanta força.

— Cléo, acho que nunca concordei tanto com você. — A voz de Jess perdia a força à medida que minha dor aumentava e a enfermeira exigia mais de mim.

— Força! — a enfermeira falava com mais energia, me censurando como se eu não estivesse me esforçando o máximo para expulsar aquela criança. — Você precisa empurrar!

Por todos os deuses, eu não conseguia entender como alguém podia exigir tanto de uma mulher em trabalho de parto, desacreditando a sua dor quando a maior interessada em eliminá-la era a própria gestante. Nenhuma mulher em sã consciência podia desejar algo como aquilo.

Eu, que levei anos de minha vida odiando Eva por causa das cólicas menstruais, não fazia ideia da loucura que seria expelir uma criança por um buraco tão... mínimo!

Ainda assim, era tudo culpa dela, daquela traidora, pecadora. A que sozinha arruinou toda uma leva de mulheres que mereciam não precisar passar por aquilo.

— Meu Deus!

E eu gritei muito, chorei além do meu limite, sofri mais do que imaginei ser possível para um parto, ameacei jogar a tina coletora na cabeça da enfermeira quando ela me disse que não estava fazendo força suficiente. Até que um imenso alívio pareceu me esvaziar por dentro e ouvimos o chorinho.

Nós três voltamos a nossa atenção para as mulheres que estavam entre as minhas pernas, até que uma delas falou:

— É uma menina muito grande!

— Menina? — falei emocionada, sorrindo como uma boba, orgulhosa, apaixonada antes mesmo de ver o rostinho dela.

— Menina! — Douglas repetiu, encantado, satisfeito.

— Menina! — Jess falou com repulsa. — Puta merda, hein! Pensei que conseguiria educar um homem da forma certa e vocês fazem uma menina! Mais uma sofredora neste mundo. — E balançou a cabeça, reprovando.

A enfermeira levou minha filha para um recipiente de metal. Parecia frio, e ela chorou. Eu queria vê-la, encarar seu rostinho, encontrar o que ela tinha do pai e o que ficou de mim. Queria poder abraçá-la, dizer o quanto a amava e o quanto lutaria por ela. Queria lhe dar a bênção. Mas os segundos se passavam e ninguém a colocava em meus braços.

Até que Jess foi ver o que estava acontecendo, contrariando as regras, e eu vi o sorriso da minha amiga se abrir de maneira apaixonada, como se ela fosse incapaz de resistir ao rostinho da minha pequena menina. A enfermeira enrolou a criança em uma manta azul e, quando fez menção de que a levaria para mim, Jess pediu para segurá-la, e ali eu vi todo o amor acontecer.

Para quem pensava que minha amiga nunca ia querer ser mãe, ali estava a resposta.

— Jess! — Douglas chamou. Ela olhou como se não estivesse fazendo nada demais, até que se deu conta.

— Ah, droga! Fiz de novo, não foi?

Nós rimos.

— Tudo bem a madrinha ser a primeira a carregar — e falei quando Douglas retirou nossa filha dos braços da minha melhor amiga.

— Madrinha? Mas... — ela balbuciou, emocionada. — Tem certeza? Eu não sou tão... — Jess se calou, evitando que as lágrimas descessem.

— Você é a melhor madrinha que ela pode ter.

Então Douglas carregou nossa filha até mim, colocando-a em meus braços, os olhos marejados, nos lábios um sorriso que parecia nunca mais se desfazer. Tão lindo!

— Ela se parece com você — sussurrou, a voz embargada.

— Tem o cabelo igual ao seu. O mesmo tom — eu disse.

— Os olhos são seus — revelou.

Assustada, olhei para meu marido.

— Como sabe?

— Ela olhou para mim.

— Olhou? — Minha filha se espreguiçou em meus braços, abrindo a boquinha para iniciar um chorinho, e então abriu os olhos, me encarando.

Foi mágico! Pensei que o tempo havia parado enquanto encarava aquelas safiras inconfundíveis.

— Como vamos chamá-la? — ele me perguntou, acariciando o rostinho dela.

— Alice — falei baixinho, encantada demais para me perder em pensamentos.

— Alice? — Jess perguntou.

— Sim. Como Alice no País das Maravilhas. Aquela que acreditou no impossível e fez acontecer.

— Muito dramático, não? — Jess continuou, mas um leve sorriso brotava em seus lábios.

— É perfeito! — Douglas disse. — Nossa pequena Alice. Nosso pequeno universo.

Ele beijou minha testa e permaneceu ao meu lado, onde sempre estaria.

Três dias depois, em casa, e ainda nos adaptando, Alice dormindo em seu bercinho, saciada de tanto leite que saía de mim. Aquele era o nosso momento de paz. Suspirei, me deitando no peito de Douglas enquanto ele permanecia me embalando em seus braços.

— O que foi?

— Nada — respondi. — Só estive pensando em como essa nossa história louca termina. Afinal, olha como isso tudo parece além da imaginação. Eu era noiva, viajei para Las Vegas, me casei com você, me divorciei, me casei outra vez, quase perdi você por causa de uma mentira.

— Essa parte não aconteceu — ele brincou, beijando o topo da minha cabeça. — Eu quase perdi você por causa de uma mentira.

— Vamos pular esta parte então, mas... descobrimos que seríamos pais. Tudo isso em seis meses. Não parece além da realidade? Como um conto de fadas, um livro de romance?

— Sim, parece — ele sussurrou, me envolvendo em seus braços com mais posse. — Quem disse que não poderia ser?

— Ninguém disse. — Ri. — Mas como será que isso acaba?
— Não sei. Talvez com um "e viveram felizes para sempre". O que acha?
— Acho perfeito.

O AMOR E UM CAMINHO DE MENTIRAS
Um artigo de Cléo Foster

Existe algo dentro de nós que nos impulsiona. Alguns dizem que é o dinheiro, outros dizem que é a fé, para muitos é o medo, a necessidade de sobrevivência. Bom, meus amigos, eu digo que é o amor.

Pensem bem: o amor nos faz desejar o que é bom e ruim na mesma medida, levando-se sempre em conta o que queremos, o objeto de tanto desejo. Porém o amor é a base para todas as grandes criações, para as melhores realizações, para as mais sinceras atitudes. Sim, é o amor que nos impulsiona.

Eu, por exemplo, vos escrevo com o coração repleto de amor, esse sentimento que transborda sem que seja possível contê-lo e, quando você menos espera, descobre que, mesmo se ele crescer dez vezes mais do que costumava caber em seu peito, ainda assim continuará existindo espaço.

O amor é tão forte em suas atitudes e convicções que muitas vezes perdemos o rumo, nos esquecemos da estrada, pegamos alguns atalhos, tudo para justificar as nossas escolhas, afinal fomos ensinados que os fins justificam os meios. Mas seria verdade?

Sim, é verdade que o amor é o nosso maior impulsionador, para o bem ou para o mal. Há quem minta por amar demais. Há quem esconda uma verdade por medo de perder quem ama. Há aqueles que perdoam com facilidade, tomando como justificativa o seu amor.

O que posso afirmar, amigos, é que nenhuma mentira tem a capacidade de sustentar um amor. É algo frágil demais, impuro, desleal para carregar tamanha responsabilidade. Porque não podemos confiar nas palavras ditas em Coríntios: "O amor tudo sofre, tudo crê, tudo espera, tudo suporta". Simplesmente não podemos igualar o amor celestial com o amor terreno, carnal.

Por isso, posso dizer que um amor baseado em mentiras é frágil e, nesta condição, um dia, racha, um dia quebra, um dia se esfarela.

Contudo, ainda assim, continuamos amando e justificando cada passo em falso. Continuamos defendendo, em causa própria, que a verdade pode ficar para um momento mais adequado, que o amor tudo vence, tudo suporta. Aprendemos a conviver com os medos, a criar verdades, a sustentar argumentos injustificáveis. E tudo em nome do amor.

No entanto, amigos, como já dizia a poeta, "A vida é a arte do encontro, embora haja tanto desencontro pela vida". Quando menos esperamos, o amor, aquele mesmo que nos fez acreditar que a estrada a seguir era uma reta, nos joga em uma curva tão acentuada, levantando tanta poeira, que nos impede de encontrar o caminho de volta.

Assim, ficamos perdidos, atordoados naquela nova situação. Para alguns, a nova estrada é uma oportunidade de explorar e se redescobrir, mesmo que o motivo para estar ali tenha sido nada louvável. Confesso que já me vi nesta situação e também já presenciei pessoas estimadas caminharem por este chão sentindo mais atração pelo novo do que culpa pelos motivos para estar ali. É pelo amor, todos diziam, sem entender ou aceitar, que o próprio amor cobraria o seu preço.

O objetivo alcançado, o seu objeto mirado, aquela sensação de ter encontrado o seu Santo Graal coloca uma venda em seus olhos e faz você acreditar que valeu a pena. E valeu, não é mesmo? Ou alguém vai ser capaz de questionar o delicioso nirvana, o açúcar colocado em nossos lábios, no tempo, mesmo que parco, em que aquele objetivo o preenche?

Não. Ninguém vai ousar negar a profundeza da satisfação deste momento. Contudo, o seu retorno, o seu leve gravitar de volta ao chão, pode ter um impacto devastador. Aquela mentira, aquela ação até então escondida causa a sua primeira rachadura na bolha que o sustentava fora da realidade.

E assim, eu, esta singela escritora que aqui vos fala, também preciso relatar que já vivenciei e presenciei o desespero que é a volta à realidade, a certeza de que o preço cobrado é alto demais e, muitas vezes, impagável.

O primeiro ponto para não enlouquecer é não se deixar seduzir pelas tentações do caminho. Manter a mentira em nome do amor é muito mais fácil do que encarar a verdade, além de ser menos custoso. Contudo, se nos permitirmos resistir às tentações e percebermos que quanto mais alimentamos a mentira mais nos afundamos naquele poço, mais nos embrenhamos nas brumas, tornando impossível o retorno.

A mentira é como areia movediça: ficar quieto só prorrogará a sua morte; debater-se encurta a sua estadia. Quando o objetivo é o amor, é neste ponto que você começa a enxergar que de nada adiantou, que nada justifica a sua atitude. É desesperador.

Quando começa a despencar, não tem mais volta nem há como se sustentar, impedindo a queda. A sua verdade, a que você utilizou para manter-se de posse do que tanto desejou, torna-se uma flecha atirada em sua direção, com pontaria impecável. Você pode tentar correr, se esconder, fugir o quanto conseguir, mas lá no fundo, pulsando em sua consciência, a certeza o castiga, avisando que de nada vai adiantar, é chegada a hora.

Somente quando você encara essa situação, quando, mesmo sentindo o buraco no peito apertar, a certeza de que não existe outra alternativa, entende o quão desesperador é se desfazer da fantasia.

Deixar cair por terra a ilusão criada e ficar cara a cara com o mundo real, com as feridas abertas pelas mentiras contadas, com as acusações não apenas externas, existentes nos olhares e palavras de quem foi magoado, mas, também, e principalmente, da sua consciência, que finalmente, depois de muito lutar, ganha voz. E esta fica cada vez mais alta.

É como despir-se em praça pública e ser apontada como motivo de chacota. Não há mais como esconder todas as partes reveladas.

E o problema é que a vida sempre se encarrega de lhe dar o número de reviravoltas suficientes para que você, enfim, entenda que a mentira foi o pior caminho a ser tomado. Então chega o momento em que de nada adianta chorar, gritar, espernear, pedir para voltar no tempo e nem optar por este caminho, mesmo com todas as tentações que o deixam muito mais encantador. Chega o momento em que você sabe que ou permite que a verdade prevaleça ou perde aquilo por que mais prezou. É a hora do embate.

Porém devo confessar, não apenas como alguém que vivenciou tal situação, mas também como quem se fez de espectador do desespero de outrem. O processo da verdade é doloroso, triste, contudo é, certamente, libertador. Exige muito de cada um, cobra certezas, faz com que tudo seja pesado e medido, entretanto, por mais que magoe a ferida aberta, as decisões tomadas agem como um despertar, um abrir dos olhos em uma manhã ensolarada e florida. As incertezas vão embora, restando somente a necessidade de reconstruir.

E, quando você faz da verdade o seu sol, o norte que o guia, ah, amigos, a caminhada torna-se mais saborosa. Não há pedra que o incomode, não há transeunte que o desestruture. A verdade ergue, constrói, fortalece e certifica os sentimentos. A verdade une o que deve ser unido, ela traz as certezas antes não percebidas.

Talvez algumas pessoas ainda olhem para trás e pensem com saudade naquele que perderam por causa de uma mentira sustentada por muito tempo; outros se recusam a retroceder, olham sempre para a frente, encaram os erros e se mantêm no aprendizado, enxergam o horizonte.

Mas há também, amigos, aqueles que se redimiram, libertaram a verdade e a receberam de braços abertos, reinventaram as suas vidas ao lado daquele objetivo pelo qual tanto lutaram, mas que precisaram, antes de firmá-lo em suas vidas, se despir de toda a mentira.

Esses são aqueles que vocês vão encontrar nas praças públicas, sorrindo sem um motivo aparente, de mãos dadas ou até mesmo caminhando lado a lado. No meu caso, posso dizer os reconheço como aqueles que empurram um carrinho de bebê e que, juntos, riem muito do caminho que tomaram até chegarem ali.

Isso é a vida. Para uns é mais leve, menos exigente; para outros, dura, cheia de regras e performances. No entanto, para todos existe uma regra que não permite exceção: a mentira tem perna curta e logo é alcançada pela verdade, que corre solta nas praças públicas. Isso o preocupa ou o alivia?

AGRADECIMENTOS

Escrevi o meu primeiro livro porque sentia que a vida estava me esmagando. Havia em mim uma ansiedade de realizar algo que até então eu não conhecia, mas que se fazia necessário, exigia de mim o seu acontecimento. As primeiras linhas – até mesmo o primeiro original – aconteceram sem nenhuma pretensão. Eu não fazia ideia do que pretendia com aquilo, porém precisava que se tornasse real.

E se tornou.

Com muito orgulho, finalizo o meu décimo sétimo livro. Aquela necessidade de fazer algo acontecer permanece. Ela se intensifica a cada ideia nova, a cada página em branco antes de os meus dedos começarem a digitar as primeiras palavras e, quando chega este momento, quando preciso escrever os agradecimentos, é como um filme em minha cabeça. Tudo o que passei até colocar o ponto final se repete como se eu precisasse disso para continuar.

Este livro talvez tenha sido o meu maior desafio. O que era para ser um conto em formato *e-book* para o Dia dos Namorados virou uma febre entre meus leitores e assim se iniciou a manifestação para que virasse livro.

Foi pensando em vocês que lutamos, eu e minha equipe de betas, meu capista e diagramador, toda a turma da editora Pandorga, para que este livro se tornasse uma realidade.

E é por isso que posso dizer que este trabalho não é apenas por vocês, e sim de vocês, meus leitores, amigos queridos que me acompanham e que me incentivam. Obrigada por toda a euforia, pelos surtos, pelo carinho, pelo amor diário. Vocês são o ar de que qualquer escritor precisa.

Obrigada! Obrigada! Obrigada!

**INFORMAÇÕES SOBRE NOSSAS PUBLICAÇÕES
E ÚLTIMOS LANÇAMENTOS**

- editorapandorga.com.br
- /editorapandorga
- pandorgaeditora
- editorapandorga

PandorgA